EL RETO

HARLEY LAROUX

Traducción de
Marta Carrascosa Cano

SIREN BOOKS

Primera edición: febrero 2026

© *The Dare* by Harley Laroux, 2019
© de la traducción: Marta Carrascosa Cano, 2026
© de la corrección: Isabel Panadero
© de la cubierta: Luciana Bertot (@lulybot)
© de la presente edición: Editorial Siren Books, S.L., 2026
info@sirenbooks.es
https://sirenbooks.es/

ISBN: 979-13-87864-14-9
Depósito legal: M-26200-2025
Thema: FRV
Impreso en España

EL JUEGO

Después del instituto cambian muchas cosas. De repente, los empollones se convierten en unos vagos, los frikis tímidos están casados y con hijos, los chicos que juraron que irían a la NFL acaban alistándose en la marina. La gente toma todo tipo de decisiones raras una vez llega a la edad adulta, como, por ejemplo, Daniel Peters, que ha decidido invitar a raritos a sus fiestas.

Era finales de octubre, el fin de semana de Halloween para ser exactos, una noche fría con una brisa helada que levantaba ráfagas de hojas doradas por las tranquilas calles de los suburbios. La urbanización de Daniel estaba vallada, por lo que había que pasar por la garita antes de poder entrar con el coche. Le habían dejado una lista de invitados al guardia de seguridad, que la comprobó meticulosamente cuando le enseñé mi carné de identidad.

—Jessica Martin, ¿eh? —comentó, dando golpecitos con el bolígrafo una y otra vez sobre el portapapeles.

Le dediqué una sonrisa tensa e impaciente y eché un vistazo a la cola de coches que había empezado a formarse detrás de nosotras. Daniel era conocido por celebrar sus fiestas a lo grande; decenas, si no cientos, de invitados llenaban la enorme casa de sus padres, la piscina y el gigantesco patio trasero. Esa era una de las cosas que no había cambiado tras el instituto: ninguno de nosotros había dejado de salir de fiesta.

—¿Y tú eres…? —preguntó el guardia dirigiendo su mirada a la persona que iba en el asiento del copiloto de mi BMW, mi mejor amiga desde primero.

—Ashley García —respondió ella, mirando la pantalla de su móvil mientras escribía algo—. ¿Necesitas mi DNI o algo?

—No, no, está bien. ¿Vais a una fiesta de Halloween, señoritas?

Podía notar los ojos del guardia clavados en mi cuerpo, al menos en lo que podía ver a través de la ventanilla. Ashley y yo nos habíamos disfrazado de ángeles, de ángeles *sexys*. Mi sujetador blanco transparente habría dejado a la vista mis *piercings* si no me hubiera puesto las pezoneras y, si me agachaba un poco, la falda corta de satén dejaba ver claramente un tanga. Nuestras alas de ángel eran pequeñas, estaban hechas de plumas blancas y las llevábamos enganchadas a la parte de atrás del sujetador.

Estaba empezando a cansarme la insistencia de este viejo verde, intentando sacarnos conversación. No me cabía duda de que ya había visto nuestros nombres en la lista y solo intentaba alargar el momento todo lo posible. Miré hacia atrás con impaciencia mientras otro coche se ponía a la cola. La camioneta que estaba justo detrás de nosotras vibraba y retumbaba, el motor emitía un zumbido incesante que era un verdadero infierno para mis oídos, pero había algo en aquel viejo y feo trasto que me resultaba familiar…

Entonces, mirando por el retrovisor, vislumbré al tipo que la conducía, e inmediatamente recordé dónde había visto antes esa camioneta.

—¡Tenemos detrás al puto Manson Reed! —solté, cuando el guardia por fin nos dejó pasar.

Ashley levantó la vista del móvil de inmediato, se giró y se estiró en su asiento para ver la camioneta mientras la dejábamos atrás, en la entrada.

10

—Te estás quedando conmigo —respondió—. ¿Estás segura? No veo nada con esos faros.

—Lo he visto. Es esa camioneta de mierda que lleva años conduciendo.

—No… no creerás… —Ashley volvió a acomodarse en su asiento, mirándome, seria—. No creerás que Daniel lo ha invitado, ¿verdad?

—Oh, Dios, ni de coña. —Hice una mueca de asco—. Daniel no invitaría a ese rarito. No después de lo que pasó.

—Recuerda que Daniel está con ese rollo de «aceptar a todo el mundo» desde que asistió a esa clase de Filosofía —advirtió Ashley—. Y no es como si Manson viviera aquí. ¿Por qué si no iba a estar en esta urbanización?

Negué con la cabeza.

—Es imposible que los estándares de Daniel hayan caído tan bajo. Literalmente todo el mundo en el instituto estaba acojonado con Manson, excepto, quizá, su grupito de amigos frikis. Nadie va a olvidarse del chico que casi apuñala a alguien, aunque haya pasado más de un año.

Ashley se cruzó de brazos con un ligero escalofrío y yo aceleré, dejando la vieja camioneta aún más atrás.

Todas las casas de la urbanización en la que vivía Daniel eran enormes, con grandes jardines escondidos tras altas verjas de hierro forjado y álamos silvestres que lucían los vivos colores del otoño.

Ya se escuchaba la fiesta, un ritmo vibrante de música electrónica, antes de girar en la esquina de la calle de Daniel. Un montón de coches ocupaban alineados la acera, pero me las arreglé para encontrar un sitio cerca.

—Bueeeno, no es por sacar a relucir momentos vergonzosos… —dijo Ashley despacio, haciendo estallar la pompa que había hecho con su chicle antes de continuar—, pero ¿Manson y tú no tuvisteis algo?

Solté un gran suspiro. ¿Por qué tenía que sacar el tema?

—Nos enrollamos en el baño una vez, pero eso no cuenta. —Mi respuesta hizo que mi amiga levantara las cejas con escepticismo—. ¡No cuenta!

Ahsley hizo una mueca.

—Pues… para Kyle sí contó.

Resoplé, burlándome.

—Kyle y yo ni siquiera estábamos juntos. En último año estuvimos juntos a ratos.

—Vaaale, pero ¿estabais juntos o lo habíais dejado?

—Por lo visto Kyle pensaba que estábamos juntos —respondí poniendo los ojos en blanco—, por eso se puso en plan capullo con el tema.

—Sí, pero a ver, Manson le sacó un chuchillo. ¿Qué clase de loco lleva un cuchillo al instituto?

La clase de loco que esperaba la ira de mi ex y fue preparado. Kyle siempre había sido un gilipollas con Manson; bueno, había sido un imbécil con todo el mundo, pero con Manson en particular. Era la víctima perfecta: callado, con la cabeza gacha, casi siempre vestido de negro y con una cazadora vaquera llena de parches. Manson se había juntado con los góticos, con los *skaters* e incluso con los frikis del anime. Se las había ingeniado para meterse en todos los grupos de marginados en los que podía meterse. Era un buen saco de boxeo para Kyle, sobre todo cuando se enteró de que Manson y yo… habíamos tenido… No se podría decir que habíamos tenido *algo* como tal. Pero por mucho que yo me metiera con Manson —culpa de la animadora engreída que había en mí—, él siempre me las devolvía. Tuvimos la mala suerte de que nuestras taquillas estuvieran una al lado de la otra, así que no había forma de evitar su cara de asco. Había días en los que discutíamos por los pasillos hasta llegar a clase, diciéndonos de todo, insultándonos, burlándonos el uno del otro…

No estaba muy segura de si era normal que mi némesis se convirtiese en mi *crush*, pero una cosa llevó a la otra y… Kyle descubrió que había besado a Manson. Fue un suicidio social, pero también la mejor forma de cabrear a mi ex.

Al enterarse, Kyle y dos amigos suyos acorralaron a Mason en el baño de los chicos. Habían planeado pegarle. Kyle me dijo una gilipollez sobre «defender mi honor». Pero Manson había ido preparado.

Tenía que haber sabido dónde se metía cuando me besó: yo era la ex de Kyle, la capitana del equipo de animadoras, una de las chicas más populares del instituto. Cuatro días después de que Kyle y yo rompiéramos, arrastré a Manson al baño y me enrollé con él contra la fría pared de azulejos.

—De todas formas, sabes que todo fue para cabrear a Kyle —dije a toda prisa, volviendo a aplicarme brillo de labios frente al espejo del parasol—. Odiaba a ese chico. ¡Y recuerda que Kyle me había dejado por Veronica Mills! Obviamente tenía que cabrearlo.

—Sí, bueno, pues funcionó. —Ashley se encogió de hombros—. Kyle se enfadó, volvisteis y luego lo dejasteis otra vez en cuanto os graduasteis. —Poniendo los ojos en blanco, continuó—: Podrías haber elegido a otra persona para cabrearlo. A Manson tiene pinta de molarle… matar animalitos. Siempre me ha dado mal rollo todo su grupito. Ese tipo, Vincent, solía hablar de ser un puto satanista…

Pasé de ella. Yo le había dicho cosas peores a Manson a la cara, cosas peores a todos sus amigos, pero cuando lo decía otra persona, me molestaba de un modo que no llegaba a entender.

Decidí dejar de pensar en ello. Era cosa del pasado: dramas insignificantes del instituto. Me acerqué al asiento de atrás para coger el bolso y Ashley me agarró del brazo.

—Manson a las doce en punto —murmuró.

Despacio, levanté la mirada. La camioneta grande de Manson se detuvo para aparcar frente a nosotras.

¡Oh, Dios mío! No… No, no podía estar aquí de verdad para ir a la fiesta…

La puerta del conductor se abrió. Manson era un tipo alto y delgado, y parecía aún más alto con sus vaqueros rasgados ajustados y las botas de cuero con cordones. Llevaba una camiseta negra y una especie de arnés de metal y cuero con tres hebillas plateadas en el pecho. En el instituto llevaba una cresta, pero ahora tenía el pelo castaño oscuro peinado hacia atrás. También había ganado músculo desde la última vez que lo había visto. No era corpulento, pero los bíceps hacían que las mangas de la camiseta le quedaran apretadas y se podía distinguir el pecho firme bajo el arnés de cuero.

Salió de la camioneta, cerró la puerta de golpe y se puso una flamante gorra de policía sobre la cabeza.

—Oh, Dios mío, ¡mira para abajo, mira para abajo!

Ashley intentó avisarme, pero era demasiado tarde.

Manson pasó por delante de nuestro coche y me miró a los ojos, dejándome paralizada en mi asiento. Llevaba una lentilla blanca puesta en un ojo, lo que le daba un aspecto inquietante y hacía que el otro pareciera totalmente negro por el contraste. Tragué saliva cuando pasó, incapaz de apartar la mirada, ni siquiera pude parpadear.

Me sonrió, fue una sonrisa lenta y cómplice, y luego se marchó por la acera en dirección a la fiesta.

Suspiré y me desplomé en el asiento.

Tal vez no me había reconocido. Tal vez no me recordaba.

¡Ja! Sí, claro. ¿Después de esa sonrisa? Oh, sí, se acordaba de todo. Y yo también.

Aquella sonrisa me había hecho retroceder en el tiempo, me había hecho recordar la cara de Manson cuando se lo llevaron al despacho del director.

Sabía lo que Kyle iba a hacer e intenté advertir a Manson el día anterior. Le había dicho que no viniera al instituto, pero lo hizo igualmente. Cuando por fin sacaron a todos los chicos del baño, los guardias de seguridad se llevaron a Manson. Tenía un moratón enorme en la mejilla y un hilillo de sangre que le recorría la barbilla por un corte en el labio. Cuando pasó por mi lado, me miró y sonrió.

Nunca fui capaz de interpretar ese gesto. ¿Era una advertencia? ¿Una amenaza? ¿Una promesa? No había vuelto a verlo desde aquel

14

día. El último curso continuó, llegó la graduación y Manson Reed no volvió a clase.

Pensar en ello hacía que me sintiera rara, era la misma sensación que cuando vi a Kyle entrar en el baño para abalanzarse sobre él: una culpa ardiente, pero no lo bastante fuerte como para hacer que mis pies se movieran o para hablar y pedir ayuda. Cuando se llevaron a Manson… había algo aterrador en su aspecto. No tenía miedo. Ese día, llegó sabiendo lo que iba a pasar y sacó un cuchillo contra un Kyle Bolson de uno noventa y sus amigos deportistas.

Quise volver a besarlo cuando lo vi salir escoltado. Quise enviarle un mensaje cuando me enteré de que lo habían expulsado. Quise decirle que estaba orgullosa de que se hubiera defendido, que Kyle se merecía el susto, que no le culpaba por llevar el cuchillo.

Pero nunca lo hice. Tenía una reputación que mantener y Manson Reed no encajaba en ella.

—Menudo. Rarito —soltó Ashley, abriendo la puerta de un empujón—. Vamos a evitarlo como si fuese la peste. Esperemos que lo echen.

—Esperemos —murmuré, mientras me deslizaba sobre mis tacones.

Llevaba unos zapatos de tiras y con el tacón alto, con una tira de filigrana blanca que me rodeaba las piernas hasta la rodilla. Vi mi reflejo en la ventanilla del coche y sonreí. Me encantaba causar sensación.

El camino de entrada a la casa estaba flanqueado por calabazas talladas, con velas que parpadeaban dentro de sus caras sonrientes. Había esqueletos de plástico colgados de los pilares junto a las puertas de entrada y lápidas de mentira en la hierba del jardín. Cuando llamé al timbre, me retumbó en el pecho la música de un DJ que pinchaba *Not In Love* de Crystal Castles a través de los altavoces. Apenas pasaron unos segundos antes de que una mujer de mediana edad con el pelo rubio claro y un vaso de sangría abriera la puerta de golpe.

15

—Dios míooo, ¡Jessicaaa! —gritó, envolviéndome en un fuerte abrazo que me aplastó contra sus tetas operadas—. Y Ashley, ay, Dios mío, ¡bienvenidas, señoritas!

—Hola, señora Peters —le sonreí mientras entrábamos.

La señora Peters era la definición literal de «madre guay»: siempre estaba presente en las fiestas de su hijo, riéndose, bailando y bebiendo. Era una de esas madres que no parecía una madre, pero que de vez en cuando soltaba alguna frase de persona sabia que solo podía venir de décadas de experiencia en este planeta.

Las paredes color crema claro y la mesa de caoba de la entrada estaban llenas de telarañas falsas, y las bombillas de la lámpara de araña habían sido sustituidas por unas de luz negra. En los rincones había maniquíes de bebés zombis que nos miraban desde las escaleras. La casa estaba llena, como esperaba. Había muchas personas conocidas; algunas amigas, otras no. Ser capitana del equipo de animadoras y salir con el *quarterback* estrella del equipo me había hecho ganar muchos enemigos, incluso después de graduarme. Tampoco había sido la persona más agradable del instituto, pero daba igual. El pasado era el pasado.

Ashley y yo nos servimos unas copas y dimos una vuelta por la fiesta, encontrándonos con amigos, hablando de tonterías y admirando la decoración terrorífica de la casa. Daniel siempre tenía que ir por todo lo alto con sus fiestas. La sangría estaba servida en un caldero de bruja gigante, la salsa de queso tenía forma de cerebro e incluso los aperitivos parecían arañas y dedos cortados.

Fuera, la gente se zambullía en la piscina climatizada o se entretenía con juegos de beber en las mesas que se habían dispuesto para el *beer pong* y el *King's Cup*. El DJ pinchaba en un cenador lleno de telarañas, con un traje rojo brillante y unos cuernos de demonio. El patio trasero era grande, con césped e hileras de arbustos a lo largo del muro de piedra que lo rodeaba. Al otro lado, los álamos que rodeaban todo nuestro pueblo se alzaban fantasmales y pálidos en la noche, sus hojas amarillas agitándose con la brisa.

16

Encontramos a Daniel cerca de la mesa de *beer pong*, terminándose una cerveza antes de saltar a la piscina completamente vestido. Pero no había estado bebiendo solo. Estaba nada menos que con un sonriente Manson Reed, que tiró a un lado su lata de cerveza vacía y se echó a reír al ver a Daniel zambullirse en el agua.

Me sentía como si hubiese entrado en el valle inquietante. Había estado un poco desconectada desde que empecé la universidad, pero todo esto estaba mal. ¿Por qué demonios estaba Manson tomándose algo con Daniel? ¿Por qué estaba rodeado de gente que no le habría mirado dos veces en el instituto? ¿Por qué…?

—¿Por qué está mirándote? —preguntó Ashley, llevándose el vaso a la boca para ocultar sus labios.

Tenía razón: los ojos de Manson se habían posado en mí y no parecía dispuesto a apartar la mirada. Pude distinguir reconocimiento en sus ojos y me pregunté qué recuerdo le habría venido primero a la cabeza. ¿Fue mi mirada silenciosa mientras caminaba por los pasillos de la mano de Kyle? ¿O fue mi cara a escasos centímetros de la suya antes de besarnos, cuando le susurré: «Prométeme que no se lo contarás a nadie»?

Con un repentino y agudo dolor en el pecho, me pregunté si me odiaba. No es que me importara la aprobación de un friki como él, pero la forma en que me miraba no parecía odio, parecía curiosidad. Sus ojos se detuvieron en mi cara y luego bajaron por mi cuerpo. Claro que me miraba. Todo el mundo miraba.

Pero ahí estaba otra vez: esa culpa latente, con sus raíces enroscándose en mis pulmones. Después de todo, me había enrollado con él e inmediatamente después había vuelto con el chico que llevaba acosándolo desde primero. Me había burlado y reído de él sin descanso, había difundido rumores, le había hecho la vida imposible a él y a sus amigos. Si eso no me convertía en una cabrona, no sabía qué lo haría.

—Hola, hola, señoritas, ¡bienvenidas! —dijo Daniel, que se acercó corriendo, chorreando, y nos saludó con la mano en vez de abrazarnos.

Manson rompió su contacto visual conmigo cuando Daniel le estrechó la mano.

—Buen intento, hermano, pero no lo bastante rápido.

—Esto es raro de cojones —susurró Ashley—. ¿Desde cuándo son amigos?

Me encogí de hombros, intentando no darle importancia. Cuanto más pensaba en ello y más miraba a Manson, más incómoda me sentía. E «incómoda» no era lo normal en mí.

Acababan de terminar una ronda de *beer pong*, así que Ashley y yo nos dispusimos a retar a los ganadores. Siempre he sido una persona competitiva, ya fuera como animadora o jugando al *beer pong*, odiaba perder. No tardamos en meter la bola en todos los vasos del equipo contrario, ganamos en pocos minutos y, de paso, disfrutamos de las copas. Cuando terminó la partida, me di cuenta de que una pequeña multitud se había reunido para vernos jugar. Manson también estaba mirando. Observándome.

Nuestro beso se había desvanecido en el fondo de mis recuerdos, al igual que todas nuestras tensas interacciones, mis palabras crueles y las miradas altivas. Lo había enterrado todo como si pudiera caer en el olvido si permanecía el tiempo suficiente en la oscuridad. Pero no había olvidado nada. Su presencia en este sitio era una luz en la oscuridad que dejaba al descubierto todo lo que había intentado borrar.

El moratón en el ojo después de que Kyle fuera a por él; tenía muchos moratones. Siempre llevaba marcas. La sangre en el labio… Pero nada de eso fue culpa mía.

Vale, quizá algo de eso sí fue por mi culpa…

Lo único que había hecho había sido besarlo.

Y él me devolvió el beso.

Después de aquello, pasé mucho tiempo intentando entender por qué. ¿Por qué Manson Reed?

No fue porque su mirada tranquila y melancólica siempre me asustara, y las cosas que dan miedo siempre me han resultado

18

irresistibles. No fue porque estuviera segura de que detrás de esa fachada tímida y retraída se escondía una bestia al acecho. No fue porque sus labios fueran increíblemente suaves y, cuando lo besé, me rodeó la garganta con la mano acelerando mi corazón durante un segundo…

No. No fue por eso.

Para nada.

Solo eran tonterías de instituto que era mejor olvidar.

—¿Quién va ahora? —río Ashley, bebiéndose lo que le quedaba de bebida—. Venga, ¿quién es el siguiente rival?

—Yo lo intentaré.

El corazón me dio un vuelco. Manson se había acercado. Un ojo blanco y otro casi negro me miraban fijamente. Parecía de otro mundo, un ser inhumano que podría haber salido directamente de la película *Hellraiser*. ¿Qué era ese arnés? ¿De qué demonios se suponía que iba vestido?

—Eh, claro, vale. —Ashley sonaba molesta—. ¿Quién es tu compañero?

Manson se encogió de hombros.

—Solo yo. Contra ella —dijo mientras me señalaba.

Me costó mucho no abrir la boca de par en par. Escondí mi incomodidad detrás de la mejor cara de cabrona que pude poner.

—Ya, a lo mejor no te has dado cuenta, pero jugamos en equipo —dije despacio, sarcástica.

—¿Te da miedo perder si juegas sola?

Su voz sonaba burlona, familiar. Era la misma que usaba en el instituto para burlarse de mí. Excepto que ahora su voz era más firme. Casi se comportaba con arrogancia, en sus gestos, en el tono de voz.

Joder, sabía qué hacer para provocarme.

Me reí.

—Oh, cariño, no. Más bien me aburriré de lo fácil que será ganarte.

—Supongo que aceptas el reto —comentó, haciendo rebotar la bolita blanca sobre la mesa—. A ver, después de todo es una victoria fácil, ¿no?

Apreté los dientes.

Quería soltar algo grosero, pero Daniel nos interrumpió.

—Esperad, chicos, si vais a hacer un uno contra uno, ¡vamos a hacerlo un poco más interesante!

Dicho eso, se acercó a la mesa, rotulador en mano, y empezó a escribir en nuestros vasos: una sola palabra en algunos y nada en otros. Mientras escribía en la que estaba más cerca de mí, distinguí lo que ponía: RETO.

—¡Bebe o reto! —exclamó—. Las mismas reglas del juego, salvo que, si metes la bola en uno de los vasos de reto de tu oponente, este tiene la opción de cumplir tu desafío en lugar de perder el vaso. —Sonrió con picardía—. El reto puede ser el que queráis. No hay límites.

—¡Bebe o reto!, ¡bebe o reto!, ¡bebe o reto! —empezó a vitorear el público.

Era el tipo de espectáculo que le encantaba a un montón de universitarios borrachos y, con tantos ojos puestos en mí, nunca se olvidarían de ello si me echaba atrás.

—Bien —acepté, tomando la bola—. Espero que estés listo para ser humillado, Manson. Oh, espera…, que tú ya estás acostumbrado a la humillación, ¿no?

La multitud se echó a reír. Sabían muy bien de qué estaba hablando. Todos lo sabían. Puede que Manson hubiera conseguido caerle bien a Daniel, pero eso no significaba que se hubieran olvidado de dónde venía.

Manson se limitó a sonreír mientras nos mirábamos a los ojos.

—Así que recuerdas mi nombre. Me siento halagado, Jessica. La señorita popular se acuerda de quién soy, ¡vaya! —respondió con una voz que destilaba sarcasmo. Luego apuntó y dijo—: Supongo que beso tan bien que no puedes olvidar mi nombre.

Poca gente sabía eso. Muy poca. Pero, aun así, hubo murmullos y grititos de «oooh, no jodas».

Me estremecí, cabreándome al instante cuando me sonrojé. Aquella sonrisa arrogante me puso nerviosa, tanto que me pasé y fallé.

Maldije en voz baja. No podía dejar que me desconcentrara.

—¿Qué tal Kyle, Jess? —preguntó Manson mientras preparaba el primer tiro.

—No sabría decirte —respondí, brusca—. No estamos juntos.

—Ayyy, qué mal. El rey y la reina del baile no vivieron felices para siempre. Qué mundo más triste. La verdad es que me sorprende.

Su pelota voló por el aire y acertó, por suerte en uno de los vasos en blanco. No sabía qué tipo de retos se le ocurrirían, pero no quería averiguarlo. Me bebí de un trago la cerveza barata y dejé el vaso a un lado.

—A mí la verdad es que me sorprende verte aquí, Manson —comenté, apuntando—. No sabía que Daniel invitaba a perros.

Más risas, incluso Manson se rio. Las palabras rebotaron en él como si fueran pelotas de pimpón.

La escena me resultaba familiar. Cuantas más pullas nos lanzábamos el uno al otro, más se me aceleraba el corazón.

—A todo el mundo le gustan los perros —respondió, inclinándose detrás de los vasos para que, al apuntar, me viera obligada a mirarlo a los ojos, a ese único ojo blanco que me distraía muchísimo, y me daba escalofríos—. Y a los que no, bueno…, solo los gilipollas le dan una patada a un perro y esperan que no muerda.

—¿Aún llevas cuchillos cuando vas por ahí? —dije intentado sonar condescendiente, pero mi voz me traicionó.

—Siempre.

Lo dijo tan jodidamente serio que supe que no mentía.

Mi mano tembló, y lancé la pelota… ¡Punto! ¡Un vaso de reto!

Me crucé de brazos victoriosa.

—¿Cuál es tu reto, señorita Jess? —preguntó, mirando el vaso pensativo—. Puede que lo acepte.

La multitud gritaba sugerencias, desde lo más mundano hasta lo más escandaloso. Entonces Ashley se inclinó hacia delante y me susurró en el oído; yo sonreí, socarrona.

—Te reto a que entres, metas la cabeza en el retrete y tires de la cadena —le dije con dulzura, viendo cómo su sonrisa, esa sonrisa tan pícara, vacilaba un poco—. Tienes mucha práctica con eso, ¿verdad?

Por un segundo, pensé que lo haría. En lugar de eso, se bebió el vaso y lo dejó a un lado. A pesar de todo, tuvo el efecto que yo quería: perdió la sonrisa chulesca.

—Ay, Jess. —Negó con la cabeza—. Jess, Jess, Jess. ¿No sabes que se supone que tienes que madurar después del instituto? Aquí todos somos adultos. —Lanzó la pelota y la metió: un reto para mí también—. Pero supongo que algunos llegamos al máximo de nuestra capacidad en el instituto.

—¿Cuál es el reto? —espeté.

No iba a perder la partida, ni hablar. Aceptaría cualquier reto que me propusiera.

Ni siquiera dudó. Había estado esperando la oportunidad de decirlo.

—Bésame las botas.

Se escuchó algún grito ahogado, la gente reía y silbaba. Ashley hizo un ruido de horror detrás de mí. Fruncí el ceño.

—Entonces ¿qué...? ¿Es solo un besito?

—Oh, no, no, no. —Manson se rio entre dientes, caminando por el lado de la mesa para que pudiera verle bien, con botas y todo—. Te reto a que te pongas de rodillas, bajes la cara al suelo y me beses las botas durante sesenta segundos. —El horror en mi cara hizo que volviera esa sonrisa de chulo—. O puedes ser una gallina y beber.

—Grandes palabras para alguien que acaba de rechazar su reto —respondí, pero no se inmutó.

—Sí o no, Jessica —dijo.

Ahora la multitud sí que estaba interesada. Por supuesto que querían verme hacerlo, putos pervertidos. De todas las cosas que podía elegir, se había decantado por algo humillante, aunque yo no había elegido nada distinto.

Me eché el pelo hacia atrás, decidida a que no me viera sudar.

—Bien. Sesenta segundos.

La multitud estalló en vítores. Ashley murmuró algunas protestas detrás de mí, sorprendida porque de verdad fuera a hacerlo.

Rodeé la mesa, con el corazón latiéndome a mil por hora, mientras Manson se quedaba de pie ante mí, con los brazos cruzados. Al acercarme, recordé lo alto que era. Me miraba desde arriba, incluso en tacones y, cuando me arrodillé en la hierba, se cernió sobre mí como un espectro con la mirada vacía.

Levanté la vista y Manson sonrió, burlón.

—Estás más guapa de rodillas, Jess —comentó en una voz tan baja que dudaba que nadie más lo hubiera escuchado por encima de la música.

—¿Disfrutando de la venganza? —siseé.

Se echó a reír, negando con la cabeza.

—Solo es un reto, Jess. Es un juego.

No era *solo* un juego. Era más que eso. Estaba vengándose por cada vez que me había reído de él, por cada vez que había dicho cosas sobre él a sus espaldas. Estaba vengándose por el beso que había hecho que lo atacaran y lo expulsaran.

No iba a dejar que me viera sonrojarme, pero el calor que recorría mi rostro se había convertido en un incendio descontrolado que invadía cada centímetro de mi piel. Estaba segura de que se me habían ruborizado hasta los dedos de los pies.

Bajé la cabeza y me agaché levantando el culo. La falda se me levantó y el aire frío de la noche me rozó las nalgas. Estallaron vítores, silbidos y aplausos. Si iba a llamar la atención, al menos iba a estar buena mientras lo hacía.

Haría que Manson deseara más de mí.

Tenía las botas brillantes, como si acabaran de pulirlas. El cuero estaba desgastado, con grietas y arrugas alrededor del tobillo y donde los cordones tiraban del material. Al acercarme pude oler el cuero, intenso y un poco dulce. El olor se apoderó de mi nariz y despertó algo en mí, una sensación extraña a la que no podía poner nombre. Volví a tomar aire, profundamente, inundando mi cabeza con el aroma.

Besé la puntera de una bota, lo que provocó más vítores del público. El cuero estaba suave bajo mis labios. Volví a besarla, luego cambié y besé la otra. Sesenta segundos. Solo eran sesenta segundos... Pasarían rápido, ¿verdad? Las rocé ligeramente con los labios, pero, aun así, mi brillo de labios dejó tras de sí la huella de mis besos. Las marcas se quedarían allí, quizá durante el resto de la noche, como un recordatorio constante de lo que había hecho.

La posición que había elegido hacía que el tanga se apretara aún más contra mis partes íntimas y, de repente, fui horriblemente consciente de que estaba teniendo una reacción a esto que no esperaba.

Me estaba excitando. Notaba el coño tan caliente que era como si también se me hubiera sonrojado.

¡Mierda, mierda, mierda! Estaba segura de que no se me veía a través del tanga, pero la idea de que alguien pudiera distinguir una mancha húmeda en esta posición tan humillante hizo que el rubor desapareciera, siendo sustituido por el horror.

¿Por qué me estaba poniendo cachonda?

Le di besos en la zona del dedo gordo del pie hasta llegar a la curva del tobillo. También le di un beso allí, donde tenía el cuero desgastado. Me pregunté cómo sería pasar la lengua por encima, sentir la textura del cuero, saborearlo, aunque solo fuera una vez.

Fue el minuto más largo de mi vida.

Nunca había hecho algo tan descaradamente degradante. Esperaba sentir cómo la vergüenza me revolvía el estómago, retorciéndose como comida podrida, y me diera ganas de vomitar. En lugar de eso, ese sentimiento de vergüenza se estaba convirtiendo en lujuria y, de repente, me vi imaginando a Manson presionando la suela de su bota contra mi cara. Pensaba en él aplastándome contra la hierba, riéndose de mí, llamándome sucia puta por atreverme a disfrutar de ello...

—¡Sesenta segundos! —gritó Daniel, que llevaba la cuenta.

Se escucharon más vítores y silbidos.

Me levanté, mareada, y me di la vuelta lo más rápido que pude. No quería ver la cara de satisfacción y victoria de Manson.

Volví a mi lado de la mesa, con la barbilla alta, y me eché el pelo hacia atrás, intentando actuar como si no hubiera pasado nada raro.

Ashley me miraba con los ojos muy abiertos.

—¿Tan terrible ha sido? —pregunté en voz baja, tomando su copa cuando me la ofreció y engullendo el alcohol.

—Bueno... A ver... Ha sido... Eh... —Se encogió de hombros, restándole importancia—. Solo era un reto. Y te veías cañón haciéndolo. Pero, tía..., estás muy roja.

Asentí con rapidez.

Si hubiera podido hacer desaparecer el rubor, lo habría hecho. En lugar de eso, seguía ahí, como si llevase la A de adultera escrita en cada centímetro de mi piel.

Conteniendo la respiración, me volví hacia mi oponente.

—¿Por qué coño sonríes? —le pregunté.

Manson parecía satisfecho. Estaba demasiado contento.

—¿Ha merecido la pena no perder el vaso? —preguntó.

—Por supuesto que sí —respondí, preparando mi siguiente tiro—. No pienso perder, Manson.

Acerté en su vaso y volvió a beber, pero se había adjudicado una victoria y los dos lo sabíamos.

Intercambiamos copas, de un lado a otro. Hizo su siguiente reto, tomándose un chupito de huevo crudo sin ningún problema cuando yo esperaba que le dieran arcadas. Me arrebató más vasos sin reto y me los bebí. Era cerveza barata, así que no estaba demasiado borracha a pesar de que solo me quedaban cuatro vasos.

—Parece que vas a perder, Jess —se burló Manson, sacudiendo la cabeza—. A menos que de verdad te guste hacer retos.

—Yo no pierdo —dije, mi voz destilaba falsa dulzura.

Mientras me distraída con sus burlas, lanzó la pelota y la metió. El público se lamentó ante mi mala suerte. Un vaso que valía el doble, tocaba reto.

Suspiré, cerrando los ojos para disimular mi frustración.

—Dime el reto —gruñí, segura de que a Manson se le iba a ocurrir algo malvado.

Alguien le dio una copa de la que bebió un largo sorbo y ver la camaradería me puso de los nervios. ¿Por qué le caía bien a la gente? ¿Por qué de repente todo el mundo había decidido ser amable con ese bicho raro?

—Vale el doble —me advirtió—. Sabes que va a ser difícil.

—No me das miedo, Manson.

Era mentira, sí me daba miedo. Con un ojo blanco, esa sonrisa confiada y la marca de mis besos en las botas, parecía tener todo el poder. Y lo que era aún peor, cada vez que me devolvía la mirada, sentía una oleada de calor en el vientre y un cosquilleo en la espalda.

Estaba poniéndome cachonda. Solo con estar allí, me estaba poniendo a cien, y eso me asustaba.

—Me gusta el tanga que llevas —comentó con aire distraído, paseándose un poco mientras se me formaba un nudo en el estómago—. Lo vi cuando te pusiste de rodillas. Una opción muy mona para llevar debajo de una falda tan corta.

Puse los ojos en blanco. No me avergonzaba de que el público me hubiera visto la ropa interior; siempre había disfrutado exhibiéndome, sabiendo que me deseaban pero no podían tenerme. Pero tenía la sensación de que sabía lo que Manson iba a retarme a hacer, y eso ya no me gustaba tanto.

—Quítate el tanga y dámelo —ordenó.

Al instante, se escucharon vítores y silbidos. Habíamos atraído a una multitud considerable. Había chicas de mi antiguo equipo de animadoras, gente que conocía desde hacía años. Todos mirando, esperando, mientras bebían a sorbos de sus vasos.

Si vacilaba mucho, me lo pensaría dos veces. No iba a perder, no contra Manson.

Me metí la mano bajo la falda y me bajé el tanga. Al hacerlo, sentí mi excitación pegada a la tela. Incluso mirándolas fugazmente, me di cuenta de que había una mancha de humedad que traicionaría toda mi postura arrogante en cuanto él la viera.

Alguien aulló con aprobación. Había móviles grabando. Por la mañana estaría en todas las redes sociales. Pero puse mi mejor sonrisa sarcástica e hice girar las bragas alrededor de mi dedo.

—¿Esto es lo que quieres, Manson? —pregunté—. ¿Hmm?

Extendió la mano, expectante. Se le veía arrogante, como si no le sorprendiera que aceptara el reto, ni que le diera exactamente lo que quería. Antes de que pudiera pensarlo, hice una bola con el tanga y se lo arrojé con agresividad.

Lo atrapó, sonrió burlón y lo extendió entre dos de sus dedos.

—Gracias por el trofeo.

—Eres un puto pervertido —intenté sonar disgustada, pero mi voz salió demasiado alta y temblorosa como para ser convincente.

Para mi horror, vi que los ojos de Manson se detenían en el centro del tanga y notaban la humedad. Cuando volvió a mirarme, había fuego en sus ojos. Me preparé, esperando que dijera algo en voz alta y echara más leña a la hoguera de la humillación, pero se limitó a meterse el tanga en el bolsillo con una sonrisa victoriosa.

—Te toca —dijo.

Estar allí de pie con mi falda corta y sin bragas resultó ser una distracción importante. Cada soplo del viento frío me besaba por debajo de la falda y se deslizaba entre mis piernas, chocando contra mi piel húmeda. Sí, húmeda. Vergonzosamente húmeda. Intenté no pensar en ello, intenté que mi mente no se detuviera en el borde de tela blanca que asomaba por el bolsillo de Manson.

Apreté las piernas, preocupada por si chorreaba por los muslos.

En cuanto dejé que mi mente volviera a pensar en lo embarazoso que era todo aquello, la situación empeoró. ¿Qué me pasaba? Me estaba degradando literalmente delante de amigos y desconocidos, y me gustaba.

Manson estaba disfrutando, se le notaba en la cara. Me pregunté cuánto tiempo había pensado en humillarme, si había fantaseado con la idea de hacer que me retorciera, que se me pusieran las mejillas rojas y me temblara la voz. Me pregunté si a él también le ponía.

Hice que perdiera un vaso y él hizo que yo perdiera dos. Daniel declaró que las reglas de la casa eran que, si ya se había utilizado un reto para conservar un vaso y la bola volvía a caer dentro, no habría un segundo reto. Como yo ya había usado mi último reto para salvar dos vasos, esos dos salieron rápido de la mesa.

Manson tenía muy buena puntería, lo cual era un fastidio.

Me quitó un tercer vaso y apreté los puños a la espera de su reto. ¿Qué más podía pedirme?

Se sacó mi tanga del bolsillo.

—Tómate el próximo trago con esto en la boca.

Los espectadores lanzaron gritos de asombro y aullidos. Algunos estaban indignados, otros intrigados. Sus móviles seguían grabando. Agarré el vaso, me lo bebí de un trago y lo tiré con rabia a un lado.

—Que te jodan —le señalé con el dedo—. Que. Te. Jodan.

Manson se encogió de hombros y volvió a meterse mi ropa interior en el bolsillo.

—Relájate, Jessica. Es parte del juego.

Una parte de mí quería seguir gritándole, pero estaba perdiendo y hacer eso me haría quedar aún peor. Me bebí el vaso lo más rápido que pude porque si no lo hubiera hecho…, si me hubiera permitido considerar su reto, aunque fuera por un momento… podría haberlo hecho.

Me imaginé metiéndome mis propias bragas en la boca, siguiendo sus órdenes y luego quedarme allí de pie, babeando y con arcadas, delante de todo el mundo. Apreté las piernas con más fuerza.

Tal vez estuviera paranoica, pero estaba segura de que Manson se daba cuenta de que me estaba excitando: había demasiada diversión en su sonrisa torcida.

Solo me quedaba un vaso. Le quité uno, y luego otro. Solo le quedaría un vaso si no aceptaba mi reto, y entonces estaríamos empatados. La partida estaba demasiado reñida. La gente gritaba propuestas obscenas para el reto, pero yo ya sabía lo que quería.

—Te reto a que me devuelvas mi tanga —solté, tajante.

Me miró con escepticismo.

—¿Seguro que no quieres proponer otra cosa? —preguntó, pero yo lo tenía claro.

—No. Te reto a que me lo devuelvas.

Era un reto pobre, pero no podía soportar estar allí de pie sintiéndome tan desnuda. Me distraía demasiado ver el encaje asomándose por su bolsillo, y no iba a darle la satisfacción de llevárselo a casa, ni de coña.

Bebió. Se bebió el puto vaso en vez de devolverme el tanga y yo me quedé con la boca abierta.

—Te toca —dijo sonriendo ante mi sorpresa y, más suave, pero no menos confiado, añadió—: Vas a perder. Será mejor que acabemos de una vez.

Estábamos empatados. No podía perder, ¡no ahora! No después de todas sus sonrisas y miradas de suficiencia; nunca olvidaría esta noche.

Apunté con cuidado, lancé y fallé.

Miré a Ashley y me devolvió la mirada horrorizada, con la mano sobre la boca.

Manson apuntó.

La multitud esperaba con la respiración contenida. Necesitaba una copa, dos copas, un chupito. Quería volver a ponerme el tanga porque no podía separar las piernas sin notar la humedad de mi excitación.

La pelota voló por los aires y cayó sin esfuerzo en el vaso. Los espectadores vitorearon, seguros de que la victoria era suya incluso antes de mi respuesta. Intenté concentrarme, tomármelo con calma y apuntar con cuidado, pero entonces Manson bajó la mano y jugueteó con el borde de mi tanga, acariciando la tela con los dedos. Mi puntería se fue al traste, muy al traste.

Había perdido.

Cerré los ojos con fuerza, conteniendo un gruñido de frustración. Daniel, borracho, abrazó a Manson como si acabara de ganar la Super Bowl. La gente se reunió a su alrededor, felicitándolo por la victoria, mostrando sus móviles y reproduciendo los vídeos que habían grabado de mí de rodillas.

Maldita sea, estaba jodida. Mi estatus social acababa de caer en picado.

Me fui dando pisotones y Ashley se pegó a mi lado enseguida para tranquilizarme. Estaba lista para perderme en un estupor de borrachera y olvidar este odioso juego.

—¡Jess! ¡Jessica!

Me di la vuelta, con los dientes apretados. Manson me hacía señas para que volviera.

—Todavía te queda un reto, Jess.

Tenía razón: mi último vaso tenía RETO escrito en el lateral. ¿Pero qué clase de reto iba a proponerme que significara perder la posibilidad de ganar? Sería horrible, lo sabía. Elegiría algo que yo tendría que rechazar.

—Bien —dije mientras volvía a la mesa despacio, con los brazos cruzados; no quería ni oírlo—. ¿De qué se trata?

Hizo una pausa antes de responder, y juro que solo lo hizo para ver cómo me retorcía. Intenté quedarme quieta, pero el calor entre mis piernas lo complicaba. Notaba mi excitación, pegajosa en los muslos.

La mirada que me dirigía, como si yo fuera insignificante, me hizo desear arrodillarme otra vez.

—Te voy a dar otra oportunidad —añadió—. Si lo logras, ganas, al instante. Pero si pierdes, tendrás que ser mi esclava el resto de la noche.

El corazón me latió con fuerza y utilicé la rabia para disimular lo intrigada que estaba.

—¿Qué coño se supone que significa eso? ¿Tu esclava?

—Que haces cualquier cosa que te ordene durante el resto de la noche y hasta que te vayas a casa. Cualquier orden, la cumples. Nada de evitarme. Si estás de acuerdo, te quedarás a mi lado.

A la mierda. Que le dieran a él y a su estúpido reto. A la mierda esta multitud y lo interesados que estaban en verme caer. Y que se jodiera mi vagina por traicionarme en todo momento y ponerme cachonda con todo esto. Tenía que negarme.

Algo en mí me decía que perdería, que perdería y que me gustaría. No podía ni permitirme considerarlo.

—¿Qué ha pasado con todo ese espíritu competitivo, Jess? —Manson hizo un mohín burlón mientras yo luchaba contra mí misma: destrucción social en potencia... o la oportunidad de redimirme—. ¿Te sientes intimidada? ¿Tienes miedo de perder?

Agarré la pelota. La furia, la intriga y la excitación creaban en mi interior un cóctel que me hacía papilla el cerebro y me quemaba la piel.

«Lanza la pelota. Sabes que en realidad no quieres ganar. Quieres hacer ese reto. Quieres volver a arrodillarte ante él», dijo una vocecita maligna en mi cabeza.

Me temblaban las manos, el tiempo a mi alrededor se iba ralentizando. Lo único que veía bien era a Manson. Manson con su ojo blanco, una sonrisa arrogante y las marcas de mis labios en sus botas. Manson, a la espera y expectante. Manson, que sabía que había ganado.

La música me retumbaba en los oídos, demasiado alta y demasiado lejana a la vez, con una batería estrepitosa y letras gritadas. Intenté concentrarme, pero ningún tipo de concentración o preparación habría hecho que acertase ese lanzamiento.

Mi bola aterrizó en la hierba.

Ashley maldijo detrás de mí e inmediatamente me llamó.

—¡Vamós, Jess, olvídate de esto!

Pero no pude. Manson me señaló con el dedo mientras el siguiente grupo de jugadores rodeaba la mesa.

—¿Qué se siente al ser una perdedora? —me preguntó en voz baja cuando me acerqué a su lado, con los brazos cruzados, negándome a mirarlo a los ojos.

Sus palabras se me clavaron, ese tono condescendiente se deslizó sobre mi piel como si fuese una sustancia viscosa. Había conseguido meterse en mi cabeza. Lo había conseguido de verdad.

Y lo peor era… que lo había disfrutado.

EL RETO

—¿De verdad vas a hacer esto?

La fiesta seguía a nuestro alrededor. Había empezado la siguiente ronda de *beer pong*, la gente nos desplazó a Manson y a mí lejos de la mesa, así que nos quedamos a un lado, entre la multitud. El audio de mi humillante vídeo sonaba una y otra vez, seguido de unas carcajadas. Podía oír los murmullos con mi nombre, los cotilleos ya se estaban propagando.

Ashley estaba detrás de mí, nerviosa. Sabía que estaba esperando a que me uniera a ella, le daba igual el reto. Después de todo, ¿qué clase de persona no solo aceptaría un reto así, sino que también lo llevaría a cabo? ¿Ser la esclava de Manson? ¿Obedecer cada una de sus órdenes?

Era absurdo.

Pero yo iba a hacerlo.

La pregunta de Manson se quedó en el aire. Parecía inseguro, incluso un poco contrariado, como si le sorprendiera que me quedara.

Me encogí de hombros, como si la respuesta fuera obvia.

—¿Sí? Me has retado. ¿Qué voy a hacer? ¿Reírme?

—Eso es lo que esperaba, sí. —Había una nota de amargura en su voz, pero se le escapó una risita suave—. ¿De verdad vas a pasarte la noche haciendo todo lo que te diga? ¿En serio?

Lo miré con una expresión de irritación y los ojos muy abiertos.

—Otra vez: ¿sí? A menos que te lo estuvieras inventando para fastidiarme. Si no puedes lidiar conmigo, estaré encantada…

—No, no. —Sacudió la cabeza, y su sonrisa pareció cambiar: se volvió más oscura, más hambrienta—. Puedo contigo. —Sus palabras me provocaron una extraña sensación en el estómago. Había algo en ellas que me ponía cachonda. Sonaban como una amenaza—. Me preocupa más si tú puedes con ello. No creo que seas consciente de lo que te espera.

Me acerqué a él, puse mi cara a escasos centímetros de la suya, nuestros pechos casi tocándose. Tuve que inclinar el cuello hacia atrás para mirarlo a los ojos.

—No te tengo miedo, Manson Reed. Lo que sea que tengas… —Mis ojos bajaron despacio por su cuerpo y volvieron a subir. Lo evalué, con sus dos metros de altura—. Puedo soportarlo.

Su sonrisa no vaciló. A pesar de lo que había dicho, sentí una pequeña punzada de miedo. Era el tipo de miedo que sentía antes de ver una película de terror o al esperar en la cola de una montaña rusa: era emoción, un subidón, un chute de adrenalina directo a mis venas.

—Si tú lo dices, Jess —comentó en voz baja—, pero puede que supliques piedad antes de lo que crees. —Dio un paso atrás y por fin me permití respirar—. Sígueme.

Las largas piernas de Manson lo llevaron con rapidez por el césped, de vuelta a la casa. Tuve que trotar para seguirle el ritmo. Ashley me alcanzó y me ofreció otra copa. Me la puso en las manos y enganchó su brazo al mío.

—¡Vámonos! —siseó—. Vamos a pasar desapercibidas durante diez minutos y luego…

—No me voy a largar.

Di un largo sorbo a la bebida afrutada que me había dado, agradecida por el valor líquido.

Se detuvo de golpe y tiró de mi brazo haciendo que me detuviera.

—¿No te vas a largar? ¿Qué demonios quieres decir con que no te vas a ir? ¡Jess!

Su incredulidad me hizo estremecer. ¿Cómo podía explicarle esto? ¿Cómo iba a hacer que tuviera sentido para ella cuando ni siquiera lo tenía para mí?

—Jess, estás loca, ¿por qué...?

—¡Jessica!

El corazón me latió con fuerza. Manson se había detenido frente a la puerta de atrás. Chasqueó los dedos y señaló el suelo a sus pies, como si estuviera llamando a un perro desobediente.

—Ven. Ya.

Volví a mirar a Ashley y vi que había apretado la boca en una fina línea.

—Jess —dijo, tensa—. ¿De verdad vas...?

—Lo siento, Ash, yo...

La parte normal y lógica de mí gritaba que no iba a dejar que ese bicho raro me tratara como a su mascota personal. Pero mi parte oscura y necesitada insistía en algo muy diferente: me decía que el tono condescendiente de Manson era *sexy*, que su seguridad en sí mismo era atractiva y que correr para obedecer sus órdenes me haría sentir muy bien.

—Dame un minuto, ¿vale?

Le di un apretón en el brazo a Ashley a modo de disculpa, le entregué mi bebida y luego me di la vuelta y caminé hacia Manson. Arrastré los pies, para no parecer demasiado ansiosa, y algo se crispó en su mandíbula con cada paso lento que daba.

Le estaba molestando. Bien.

Me crucé de brazos, intentando igualar su expresión de cabreo.

—¿Sí? ¿Qué?

Señaló hacia abajo otra vez, con un suspiro lento.

—El cordón de mi zapato, Jess. Átamelo.

Sí, se le había desatado el cordón de la bota. Iba a arrodillarme a sus pies, otra vez. Por un momento, casi pude oler el cuero, casi podía notarlo en mis labios.

Tragué saliva.

—¿El cordón del zapato? ¿En serio? —me burlé—. ¿Cuántos años tienes? ¿Cinco?

Pero me arrodillé. Allí, de rodillas, a la luz de los cristales de la puerta trasera, le até el cordón de la bota. Me apresuré a levantarme, con la lengua preparada para más comentarios sarcásticos, pero su mano en mi hombro me empujó otra vez al suelo.

—Ser una niñata no cambia el hecho de que sigues obedeciéndome, Jess —dijo, inclinándose para acercar su cara a la mía—. Actuar como si fuera una maldita carga para ti no cambia que sigas haciéndolo. —Sonrió con maldad—. Fingir que no te gusta no hará que se acabe. Sigue así y solo conseguirás ganarte una buena reprimenda.

Por un momento me quedé sin palabras.

—Una... ¿Una reprimenda? —conseguí decir—. ¿Qué cojones...?

—Tú sigue así y lo descubrirás. —Se irguió, quitándome la mano del hombro, y me puse en pie—. Y a partir de ahora, cuando te dé una orden, responses con un «sí, amo», ¿entendido?

Tuve que controlarme para no poner los ojos en blanco.

—Te estás pasando... —gruñí, pero, cuando arqueó la ceja, expectante, añadí con sarcasmo—: amo.

Negó con la cabeza.

—Sigue así, Jess. Sé que te hace falta un poco de disciplina en tu vida. Pronto la tendrás.

Entró en la casa y dejó la puerta abierta el tiempo suficiente para que yo entrara tras él.

¿Qué demonios quería decir con lo de la disciplina? La curiosidad me hizo querer presionarle. ¿Cuánto podría resistirme antes de hacerle perder los papeles?

Manson se vio envuelto en una conversación con unos amigos suyos y yo me quedé de pie tras de él, incómoda, intentando fingir que no estaba con él.

Ashley se reunió con nosotros, pero esta vez, de espaldas a Manson, me agarró del brazo y me arrastró hasta la cocina.

—Vale, de verdad, ¿qué mierdas estás haciendo? —preguntó—. No tienes que hacer el puñetero reto, Jess. O sea, me pelearé con él...

—No, no, Ashley, no pasa nada, es solo... —No tenía dudas de que pelearía contra él, pero no necesitaba que me defendiera de esa manera—. Mira, tú solo... disfruta de la fiesta, ¿vale? Danielle y Kaitlynn están aquí, podrías...

—Espera, espera, un momento. —Su ceño se frunció más—. Te... ¿Te gusta esto? Es que literalmente no hay nada que te impida dejar de obedecerle. Él no puede obligarte a hacer una mierda, pero tú estás, bueno... —Arrugó la nariz—. Tía, si esto es algún fetiche raro... —Sacudió la cabeza—. Mira, sabía que mentías cuando me dijiste que no te gustaba. Te enrollaste con él. Te gustó, ¿vale? Y eso está bien, no importa, no te juzgo. Pero es que... —Bajó la voz, como si alguien pudiera oírnos por encima del ruido de la fiesta—. Si estás intentando salir con él, tienes que decírmelo. Creo que es muy raro, pero... no voy a meterme si quieres algo con él.

Mi boca se abría y cerraba como un pez fuera del agua. No me «gustaba» Manson Reed. Eso era ridículo, eso era... eso era...

Suspiré con fuerza.

—No tienes que preocuparte por mí, ¿vale? Yo... Voy a intentar esto... esto de los retos...

Ashley puso los ojos en blanco, pero su risa le quitó hierro al asunto.

—¿Esto de los retos? ¿Quieres decir que vas a hacer eso de ser su esclava? Eso es, o sea, superperve, ¿sabes?

Lo era, sabía que lo era. Cada interacción que había tenido con Manson esa noche había estado tan cargada de tensión sexual que era una agonía. Aunque, desde fuera, la forma en que interactuábamos no demostraba más que odio. Las burlas, la humillación, las provocaciones… Todo contribuía a la tensión sexual que se acumulaba en mi interior. Las ganas de seguir tensando la situación me parecían desesperadas e inmaduras, pero me habían dado a probar algo nuevo y tenía que explorarlo.

—Sí, es… raro —admití—. Lo sé. No puedo… No sé cómo explicarlo, la verdad.

Ashley hizo un gesto con la mano para restarle importancia y me devolvió la bebida que le había dado antes.

—No te preocupes, amiga. Estaré pendiente. Mándame un mensaje si me necesitas, ¿vale?

Me abrazó con fuerza antes de marcharse.

Menos mal que tenía a Ashley. A pesar de lo testaruda que era, se guardaba sus opiniones para sí misma. Después de esa noche, tal vez podríamos reírnos de ello. Podría quedar archivado como otra experiencia curiosa mientras sigo con mi vida como si nada hubiera pasado. Me olvidaría de Manson, de sus órdenes, de su sonrisa arrogante, de sus botas… Volvería a ser Jessica Martin y ya está, la chica que tenía la vida resuelta, que era popular y normal y que no estaba para nada interesada en mierdas sexuales raritas y depravadas.

Volví a la otra habitación, pero no antes de que Manson notara mi ausencia. Los amigos con los que había estado hablando se habían marchado, pero sus ojos recorrieron la estancia y se clavaron en mí en cuanto me encontraron.

—Lo siento. —Me puse a su lado y di un largo sorbo a mi bebida—. Tenía que ir a mear.

—¿En la cocina? —preguntó con sequedad antes de reparar en el vaso que llevaba en la mano—. Creo que con eso ya has terminado.

—¿Perdona? —Lo miré con incredulidad mientras me quitaba la bebida de las manos, le daba un pequeño sorbo y la tiraba a la basura—. ¿Qué cojones, tío? No había terminado…

38

—Has terminado porque yo digo que has terminado —dijo en voz baja, inclinándose más hacia mí para que pudiera oírle por encima de la música y la conversación ruidosa—. No quiero que te emborraches, Jess.

—¡Qué cojones! —Pegué un pisotón, levantando los brazos—. ¿Estás intentando joderme la noche? No puedo ir por ahí, no puedo beber... ¿Estás intentando ser un gilipollas conmigo?

—Oh, ¿la pobre Jess se aburre? —Me dio un golpe en la barbilla con el nudillo y estuve tentada intentar morderle la mano— Tráeme una cerveza entonces.

—¡Uf, que te den!

Me pasé el pelo por encima del hombro y di un fuerte pisotón mientras retrocedía dos pasos hacia la cocina antes de que me detuviera.

—Jessica.

Le devolví la mirada.

—¿Qué, Manson?

—Gatea.

Parpadeé con rapidez.

—Lo siento, te habré oído mal. ¿Qué?

Una lenta sonrisa de satisfacción se dibujó en su rostro.

—Me has oído bien, Jess. Gatea. Gatea hasta la cocina, pilla una cerveza para mí y vuelve gateando. Y recuerda tus putos modales.

No podía hablar en serio. No podía pensar que yo de verdad... de verdad gatearía... delante de toda esa gente... No podía. Sus palabras de antes resonaron en mi cabeza: «Sé que te hace falta un poco de disciplina en tu vida. Pronto la tendrás».

Si desobedecía, ¿me daría esa disciplina que decía?

Se apoyó en la pared detrás de él, tranquilo, con la cara seria.

—Estoy esperando, Jess. Tengo mucha sed.

Me volví hacia él y le clavé un dedo en el pecho, en su pecho duro e increíblemente musculoso.

—Estás loco si crees que voy a gatear por esta puta fiesta para traerte una puñetera cerveza delante de toda esta puta gente...

Me agarró la muñeca, deteniendo mi furiosa punzada.

—Ya es suficiente, Jessica. Estás montando una escenita. La gente te está mirando. Estás haciendo que sea mucho peor para cuando, al final, obedezcas.

—No voy a obedecerte, capullo…

—¿Entonces por qué sigues aquí? Pensé que podías soportarlo.

Me agarraba de la muñeca con fuerza, pero no tanto como para que no pudiera zafarme de él. Podía notar los callos que tenía en las palmas de las manos, la aspereza de sus dedos. Incluso podía olerlo: era dulce, como un puro, mezclado con una especia oscura que me producía un cosquilleo.

Me concentré en ese olor. Se apoderó de mi cabeza, me embriagó. Me hizo querer acercarme más a él, apretar mi cara contra su pecho y respirar hondo, envolverme completamente en él. Pero no podía delatar lo intrigada que estaba. No podía parecer demasiado ansiosa. Igual que no podía obedecerle sin armar un escándalo.

—Puedo soportarlo sin ningún problema —murmuré.

—Ah, ¿sí? —preguntó con los ojos entrecerrados.

Estaba muy tranquilo, su voz no había subido de volumen; ni siquiera había cambiado de posición, estaba apoyado despreocupadamente contra la pared.

—No puedo obligarte a hacer nada, Jess. Puedes marcharte sin problemas, sobre todo porque pareces estar muy enfadada por estas órdenes, pero… no te vas. Estás aquí de pie, discutiendo conmigo. Teniendo un berrinche. Intentando que cambie de opinión y que retire mi orden. —Se encogió de hombros, con una sonrisa en los ojos que no llagaba a sus labios—. No voy a retractarme. Vas a hacerlo, Jess. Vas a obedecer, porque quieres, por mucho que intentes ocultarlo.

Odiaba que me leyese tan bien. Lo odiaba por ser consciente de la batalla que se libraba en mi mente.

Me agarró la muñeca con más fuerza y tiró de mí para que mis pies se movieran y quedaran contra la punta de sus botas. Se inclinó más hacia mí y, por una fracción de segundo, volvimos a estar pegados a las baldosas del baño del instituto, sin aliento, nuestras lenguas tocándose...

Sus labios rozaron mi oreja. Su voz, grave y profunda, hizo que un cosquilleo me recorriera la columna vertebral.

—Gatea y tráeme la cerveza antes de que te ponga contra la pared y te dé unos azotes en ese culito tan bonito que tienes hasta que aprendas a comportarte, Jessica.

Olvídate del cosquilleo, aquello fue una descarga eléctrica completa en cada una de mis extremidades. Apreté los dientes y cerré los puños. Nuestros rostros estaban a escasos centímetros y él me miró furioso y mudo sin perderse ni un segundo.

—¿Qué acabas de decirme? —susurré.

—Me has oído alto y claro. Ya no estamos en el instituto, Jess. Si quieres seguir jugando a este juego, tienes que darte cuenta de que ahora las reglas son un poco distintas.

Algo crecía dentro de mí, algo aterrador e inesperado: era un placer tenso y retorcido. Era la alegría de que me pusieran en mi sitio, tan repentina y tan fuerte que me daban ganas de gemir.

Todo mi empeño resultó inútil y darme cuenta de que se había tomado esa amenaza muy en serio hizo que las manos me temblaran de la emoción.

Me sentí como si tratara de armarme de valor para hacerme un *piercing*: sabía que lo quería, sabía que iba a doler, pero tenía que hacerlo, tenía que clavar la aguja.

Había retrocedido, pero me acerqué más a su cara. Estaba tan cerca que, por un momento, mi respiración se entrecortó y lo único que pude ver fueron sus labios, curvándose en una sonrisa sádica mientras se burlaban de mí. Pero mi voz se mantuvo firme.

—Siento mucho mis modales, amo. Iré a por tu cerveza ahora mismo, amo. —El sarcasmo flotaba en mi voz, no pude evitarlo, y una última réplica descarada se abrió paso entre mis labios—: Ah, sí, y que te jodan, *amo*.

No quise quedarme a ver qué pasaba tras esa última frase. Con la mandíbula tensa, me arrodillé y apoyé las palmas de las manos en el suelo. Con tanta gente borracha y dando tumbos, tendría suerte si no me pisaban los dedos.

Me imaginé las miradas raras que me echarían, las risas a mi costa, cómo me mirarían todos por encima del hombro. Se me formó un nudo en el estómago y se me contrajo el abdomen mientras disfrutaba de la humillación.

Mi coño traidor no podía darme un respiro, ¿verdad?

—La grosería acarrea consecuencias, Jessica —dijo aquella voz exasperante detrás de mí—. Date prisa.

Avancé arrastrándome, dando golpecitos en las piernas de la gente para que se movieran y me dejaran pasar. Mi falda corta no era lo ideal para gatear: agachada sobre las manos y las rodillas, el dobladillo estaba lo bastante subido como para que cualquiera pudiera verme el culo y, si miraban lo bastante cerca, seguro que también me verían el coño.

Lo había presionado una y otra vez, decidida a ver cómo Manson llegaba al límite de su paciencia. Había una bestia en él, más allá de la calma; era una bestia salvaje y peligrosa y yo lo único que quería era que saliera. Lo había visto aquel día cuando lo expulsaron, cuando por fin sacó un cuchillo contra los gilipollas que lo habían acosado durante años. Esa era la bestia que quería, ese era el Manson que quería. No podía explicar del todo el deseo, todavía no. Pero tal vez una vez que se cumpliera, lo entendería.

Quería verle cumplir sus amenazas.

Llegué a la nevera y me arrodillé junto a ella. Estaba ruborizada, sin aliento y con el estómago encogido. Tal vez si metía la cabeza en la nevera se me pasaría, o me haría entrar en razón. Hundí la mano en el hielo frío y aguado y saqué una cerveza. El botellín estaba helado y el envase goteaba, podría sostenerlo con la mano mientras gateaba… Tal vez agarrar el tapón con los dientes… ¿Metérmela en el sujetador? ¿Cómo cojones iba a gatear y llevar la cerveza?

—A la mierda —susurré, y me puse en pie.

Cogí un abridor de la barra, quité el tapón y bebí un largo y necesario trago. El líquido frío y amargo se deslizó por mi garganta y calmó la tensión.

Me castigaría por esto. No tenía ninguna duda. Aquella pequeña amenaza que soltó sobre azotarme estaba a punto de cumplirse. Me sentí como si condujera hacia una pared de ladrillos pisando a fondo el acelerador. Sin frenos. Sin reducir la marcha. Me había comprometido al impacto y a cualquier consecuencia que trajera consigo.

«Sabes que lo quieres. Te castigará por romper las reglas del juego, por ser una chica mala y desobediente. Te castigará delante de todos, te hará llorar...», se burló una vocecita maligna en mi cabeza.

Me estremecí. Sentí escalofríos en los brazos y me palpitaron todos los músculos de la parte baja del abdomen. Una cosa era mi coño —¡puto traidor excitado!—, pero ahora mi propio cerebro se estaba volviendo en mi contra. Pensamientos de Manson sacudiendo la cabeza, decepcionado, llamándome mala, diciéndome que me arrodillara...

No, no, no. Para. ¡Pensamientos malos, pensamientos malos!

Acabaría chorreando otra vez si no tenía cuidado.

Volver hasta Manson por mi propio pie, en lugar de gateando, me pareció mucho más atrevido de lo que debería. Estaba justo donde lo había dejado, riéndose de algo que le había dicho una chica con el pelo teñido de azul. Era guapa: más bajita que yo, pero con unas curvas preciosas, mallas rotas bajo la falda gris de cuadros escoceses y unos pechos que prácticamente se salían de la ajustada blusa blanca. Una sorprendente punzada de celos se apoderó de mí, aunque ella se alejó cuando me acerqué.

—Pensaba que te había dado una orden, Jess —comentó Manson, con una sonrisa en la boca cuando me acerqué a él—. Te has puesto de pie muy rápido.

Le había dado otro trago a la cerveza, pero, mientras me reñía, sonreí, me llevé el botellín a los labios y volví a escupir el trago de cerveza. Luego se la puse en las manos.

—Uy, es verdad, perdona. Me olvidé de lo de no beber, y de lo de gatear. —Me encogí de hombros—. Upsi.

La sonrisa de Manson parecía congelada en su rostro. Era desconcertante y, de repente, me pregunté si de veras era una buena idea. Estaba cumpliendo mi parte del reto, pero a duras penas. ¿Cuánto tiempo iba a permitirme todo esto?

Manson bebió un sorbo de cerveza y se me revolvió el estómago. Había escupido en el botellín y ni siquiera se había inmutado.

—Oh, Jess. Jess, Jess, Jess. Lo entiendo. Sí. Y no te preocupes, esta situación se manejará como es debido.

Fruncí el ceño, completamente confundida.

—¿Qué... qué situación? ¿A qué te refieres con manejar...?

—Este comportamiento de niñata malcriada por cada pequeña orden que te doy no puede continuar. Créeme, es muy divertido verte luchar contigo misma e intentar proteger tu orgullo maldiciendo y actuando toda enfadada, pero... —Se encogió de hombros—. Pero la verdad es que invalida el propósito del juego. Necesito más obediencia por tu parte y, bueno... creo que solo hay una forma de conseguirlo.

Moví los pies con nerviosismo.

¿Alguien más podía oír la conversación? ¿Había alguien viendo cómo me regañaban como a una niña traviesa? Me dije a mí misma que no, pero la idea seguía ahí, carcomiéndome el orgullo.

Bajé la voz, repentinamente cohibida.

—Mira, lo... siento... ¿vale? Lo siento. Hacer esto es raro y...

—Lo haces por voluntad propia, Jess —dijo con dulzura—. No voy a aceptar ninguna excusa que se te ocurra para comportarte como una niñata. No toleraré ese comportamiento.

Lo dijo con tanta dulzura que el corazón empezó a latirme con fuerza. Lo decía en serio. De verdad iba a castigarme por esto. Miré a mi alrededor, buscando una escapatoria, hasta que me di cuenta de que no la había. No podía escapar de mi propio deseo. Quería esto. Había luchado voluntariamente con él en cada paso del camino y ahora...

Iba a dejar que me castigara.

—Quiero que seas una chica buena y obediente para mí —pidió mientras mis ojos se agrandaban. El corazón me latía con más fuerza y mi respiración empezaba a ser rápida y superficial—. Ese fue el reto que aceptaste. Creo que quieres ser una buena chica para mí, Jess.

Extendió la mano y me rozó la barbilla suave y despacio. El roce era frío y se me puso la piel de gallina. Aquí estaba, lo que había deseado, temido, esperado...

No estaba lo suficientemente borracha para esto. Las inhibiciones me estaban aplastando. ¿De verdad iba a dejar que el rarito de Manson Reed me castigara?

—Eso no lo sabes —susurré—. No sabes nada sobre mí... Tal vez me gusta ser una zorra contigo y ya está. Tal vez...

Su caricia se convirtió en un agarre. Me sujetó la barbilla y me levantó un poco la cara. Sentí su mirada atravesándome por completo.

—Sé lo suficiente, Jess. Sé que eres muy cuidadosa con la imagen que todo el mundo tiene de ti. Sé que no te gusta que se te caiga ni un segundo esa máscara de «soy mejor que tú». Sé que seguirás siendo así, aunque eso signifique negarte a ti misma algo que quieres y que no encaja con los cánones sociales.

Tragué saliva y me mordí con saña el interior de la mejilla. El hecho de que tuviera razón hacía aún más difícil no responder con un comentario despectivo. La ira y la altanería eran mis escudos. Sin ellos, mis defensas eran, en el mejor de los casos, escasas.

—Así que, por tu propio bien, tengo que arrancarte esa máscara. Y la mejor manera de hacerlo... —Se inclinó aún más, girando mi cabeza un poco hacia un lado para susurrarme al oído—: es castigarte hasta que tu estúpido orgullo deje de importar. La mejor manera... es hacer que llores.

Me crucé de brazos, la única forma que se me ocurrió para evitar que me temblaran. Me di cuenta de que estaba haciendo un mohín con el labio inferior y, cuando hablé, mi voz salió como una protesta quejumbrosa y debilucha.

—No tienes que castigarme. Eso es una gilipollez.

—Es justo lo que necesitas, Jess. Lo mejor es que, por mucho que te asuste, vas a hacerme caso. —Me soltó la barbilla, riéndose—. Vas a seguirme y aceptar tu castigo como una buena chica, ¿verdad?

No me dio la oportunidad de responder. Me dio la espalda y se alejó por el pasillo.

Me quedé allí, congelada por la duda, dividida entre las ganas de huir y las de seguirle.

Tenía razón. Ganó seguirle.

La sala de juegos ocupaba gran parte de la esquina delantera de la casa, pero esta noche las luces estaban apagadas y la puerta estaba entreabierta. Había un enorme televisor en la pared, reproduciendo alguna película de terror clásica de los ochenta. Una chica con el pelo largo y rubio huía de un asesino enmascarado en un barrio de los suburbios mientras chillaba en vano. En los rincones brillaban focos de luz negra y había al menos una calabaza iluminada en cada superficie libre, incluso en la mesa de billar y en la estantería sobre el largo sofá en forma de L.

La habitación estaba aislada, a oscuras y desierta. Seguramente, más tarde la ocuparían parejas en busca de intimidad y borrachos somnolientos en busca de un lugar donde poder dormir.

Pero, por ahora, teníamos la habitación para los dos solos, y Manson cerró la puerta tras nosotros.

La chica de la pantalla cayó en un charco de sangre. El cuchillo del asesino brillaba, empapándose al clavarse en ella una y otra vez. Manson se sentó en el sofá, justo en el centro, extendiendo los brazos sobre el respaldo.

—Las buenas esclavas no se sientan en los muebles, Jessica —me regañó cuando me aparté de la televisión para mirar hacia él.

Aún había una sonrisa detrás de su expresión seria. Estaba disfrutando de cada segundo de humillarme. No lo culpaba. ¿Cuántas veces había fantaseado con degradar a la zorra de la animadora que se burlaba de su ropa e iniciaba rumores sobre que sus amigos eran unos satanistas? Ni siquiera Ashley sabía que la fuente de la mayoría de los sórdidos cotilleos sobre Manson y sus amigos provenía directamente de mis labios. Lo que fuera para mantenerlo a raya. Cualquier cosa con tal de ganar el juego enfermizo que yo sola había empezado, donde yo ponía todas las reglas y las modificaba a mi antojo.

Pero tenía razón: las reglas habían cambiado y estaba perdiendo en mi propio juego.

Recogí mi orgullo, tembloroso y marchito.

—¿Dónde demonios esperas que me siente entonces?

—En el suelo, de rodillas, a mis pies. Como una buena chica.

Cerré los ojos despacio. Estaba segura de que, cada vez que lo maldecía, mi castigo empeoraba. Tenía que controlar mejor lo que decía. Al menos aquí estábamos solos, sin multitudes que vieran cómo me degradaba.

Me arrodillé y me arrastré hacia él hasta quedar de rodillas a sus pies.

Me sonrió.

—Mucho mejor, Jess. ¿No te gusta? Dejarte llevar, aceptar la vergüenza… Es una de las cosas que más me gusta ver… —Me observó en silencio unos segundos, probablemente esperando a ver si tenía más respuestas sarcásticas, pero me mordí la lengua—. ¿Te hago besarme las botas otra vez? Ya que estás ahí abajo…

—Por favor, no.

Las palabras escaparon de mí en un susurro, con desesperación, y el miedo salió a la luz ante la perspectiva de más humillación. Me mordí el labio, arrepintiéndome de haberle dejado oír ese tono en mi voz.

Se inclinó hacia delante, con los codos apoyados en las rodillas, tan cerca que pude oler la menta en su aliento.

—¿*Por favor*? ¿Ya estás suplicando, Jess? —se burló.

Me miró a la cara. Me costaba mirar de cerca aquella única lente de contacto blanca. Era espeluznante, como ver una sombra que no debería estar en el fondo de una foto familiar.

—Qué chica más estúpida. ¿Por qué estás ahí, de rodillas, rogándome que no te ordene que te avergüences?

—No lo sé —dije en voz baja.

Pero lo sabía.

Con cada orden, con cada mirada condescendiente y cada palabra burlona, lo entendía cada vez mejor. Me gustaba sentirme como si no tuviera elección. Me gustaba tener una excusa para dejar de lado mi orgullo y hacer las cosas sucias y degradantes que hacían que me cosquillease el vientre y se me apretara el coño. No me podía resistir a sumergirme aún más; no me podía resistir a seguir experimentando esa sensación.

Si me ordenaba hacer el acto público más degradante que se le ocurriera, lo haría. Fuese cual fuere el castigo que se le ocurriera, dejaría que me lo impusiera. Me enfadaría, lo maldeciría, lo insultaría…, pero lo haría. Lo haría porque quería que ese cosquilleo en mi vientre se intensificara y que el calor de mi interior se convirtiera en una llamarada. Lo haría porque era lo más parecido a la libertad que había sentido: sin lugar para el orgullo, ni para la risa fabricada, sin sonrisas falsas, sin fingir. Mis intentos de mantener la máscara —el sarcasmo, las discusiones, la desobediencia— se desmoronaban con rapidez, pedazo a pedazo.

Darle a Manson Reed ese poder sobre mí… Tal vez era el karma por lo imbécil que había sido con él. Tal vez era el mayor autodescubrimiento que jamás había encontrado. Fuera lo que fuese, no pude resistirlo.

—Lo sabes, Jess —dijo Manson con calma—. Sabes que están las razones superficiales: aceptaste mi reto, te comportaste como una mocosa desobediente y ahora hay que ponerte en tu sitio. Pero también sabes que hay razones más poderosas: quieres explorar algo que probablemente sea nuevo para ti, algo que te produce sensaciones que no esperabas, algo que estás disfrutando, aunque crees que no deberías. —Esperó, quizá buscando otra reacción agresiva de mi parte, pero mis labios se mantuvieron bien sellados. Sonrió despacio, con sadismo—. No me gustaría privarte de algo que disfrutas, aunque te asuste. Agacha la cabeza, ángel. Solo la bota izquierda. Bésala. Límpiamela con la lengua.

—Por favor —volví a susurrar, esta vez con más fuerza, con más desesperación.

Se limitó a reírse.

—Vas a hacer lo que yo te diga —dijo con suavidad—. No importa cuánto te quejes y llores, vas a hacerlo, Jess.

—No estoy llorando.

La idea de echarme a llorar delante de él me parecía tentadora. Llorar, suplicar, sollozar sin control, solo para tener que ceder y acabar aceptándolo. Quería imaginar que me estaba obligando a hacerlo. Quería creer que habría graves consecuencias si me negaba. Quería pensar que lo odiaba, tal y como siempre había insistido.

Manson se recostó en su asiento otra vez, tranquilo, sereno, expectante.

—Obedéceme, Jessica. Agacha la cabeza y déjame ver esas bonitas alas que tienes.

Un gemido real salió de mi garganta. Bajé la mirada hacia las botas que me había ordenado volver a besar. Podía ver el rosa pálido de mi brillo de labios sobre el cuero y aún podía recordar su olor, ese aroma intenso y dulce. El extraño deseo de pasar mi lengua por ellas volvió con fuerza.

Me atreví a mirar una última vez a Manson, que sonreía mientras me observaba.

—Hazlo —ordenó—. Esto es lo que pasa por ser una chica mala. Pero ya aprenderás.

Se me hizo un nudo en el estómago mientras bajaba la cabeza.

Allí, agachada en posición fetal, acaricié con la nariz el cuero arrugado y desgastado del tobillo. Dejé que la aspereza de los cordones tirantes me rozara los labios. Respiré hondo y el aroma embriagador me inundó el cerebro.

Casi gemí solo con el olor.

¿Qué demonios me pasaba? ¿Desde cuándo me ponían unas botas? Nunca se me había pasado por la cabeza, nunca había formado parte de ninguna fantasía con la que me hubiera masturbado.

Puse mis labios contra el cuero, quedándome allí ahora que ya no tenía todas las miradas de la multitud puestas en mí.

El calor se apoderó de mi entrepierna y mi excitación se intensificó a medida que bajaba con mis besos hacia la suela polvorienta de la bota. El sabor de la suciedad invadió mis labios, pero ni siquiera eso me disuadió. Presioné mi frente contra su tobillo mientras le daba besos, completamente perdida en ese extraño mundo de cuero y cordones y mi propia degradación.

Sentí un golpecito en la cabeza, algo que me empujaba hacia abajo y me mantenía allí. En cuestión de segundos reconocí la textura de la suela de una bota y me di cuenta de que Manson había apoyado su otro pie sobre mi cabeza.

Sentí que se movía y supe que se había inclinado hacia delante otra vez por la cercanía de su voz.

—Usa la lengua. Límpiamela.

Quería suplicarle: «Por favor, por favor, no me obligues, por favor, no me obligues a hacerlo, me portaré bien, por favor…». El corazón me latía con fuerza, tenía la respiración acelerada, mi excitación era un dolor que se extendía por todo mi cuerpo y me ponía todos los nervios a flor de piel. No quería negarme, solo quería suplicar. Pero no podía articular palabra con la bota presionada contra mi cabeza.

Obediente, saqué la lengua y la deslicé por el cuero. Suave, agradable y casi insípido, excepto por ese aroma embriagador que ahora inhalaba por la boca. Lamí alrededor de la punta, justo por encima de la suela, sobre las marcas de mi pintalabios, junto a los cordones… Saboreé cada centímetro.

Me sentía sucia, vil, completamente repugnante…

Me sentí como si estuviera ardiendo, viva, completamente consumida por la euforia. Me reí por el vértigo. Lamí y reí, luego reí más fuerte.

Tenía tantas ganas de tocarme…

—Levanta la cabeza.

Su otro pie ya no me sujetaba. Poco a poco, salí del extraño estado mental en el que había caído y levanté la cabeza. Todavía de rodillas, lo miré fijamente y esperé.

—¿Tienes sed? —dijo ofreciéndome el botellín de cerveza.

Tenía la boca seca y alargué una mano con entusiasmo, pero él la alejó.

—No, no, sin manos. —Bajé la mano, despacio, con incertidumbre—. Abre la boca, ángel.

No dudé en obedecer. Era como si el mundo se hubiera desvanecido y solo quedaran su mirada y el sonido de su voz. Le dio un sorbo a la cerveza y se llenó la boca, pero no tragó. Se inclinó hacia adelante…

Sabía exactamente lo que iba a hacer.

No me estremecí. No retrocedí.

No cerré la boca.

Se inclinó hacia mí, tan cerca que nuestros labios casi se tocaban. Escupió la cerveza en mi boca, toda, sin derramar ni una gota. Todavía estaba fría, fresca en mi lengua, pero sabía a él. Sabía que era su sabor, lo recordaba, y me provocó un escalofrío de placer por todo el cuerpo. Estaba muy mojada, chorreando, mientras tragaba.

En la pantalla, una adolescente desafortunada le rogaba al asesino que no la apuñalara y sus gritos resonaban en los altavoces.

—Así está mucho mejor, ángel —dijo Manson—. Si hubieras sido tan obediente desde el principio, ahora no tendría que castigarte.

Me daba miedo dejar una mancha húmeda en la alfombra. Cada vez que mencionaba lo de castigarme, se volvía peor. Ya no podía soportarlo. Estaba demasiado excitada, demasiado humillada, demasiado desesperada.

—Devuélveme el tanga —pedí a toda prisa—. Por favor.

Frunció el ceño, todavía inclinado hacia mí.

—¿Por qué?

—¡Devuélvemelo! —siseé, cambiando de posición, incómoda.

—Voy a necesitar una razón, Jess —insistió Manson con calma.

Apreté los puños. Quería pegarle una hostia, lloriquear, derrumbarme en más súplicas inútiles y patéticas.

¿Qué me había hecho? ¿Cómo había conseguido reducirme a esto?

—Yo… Yo…

Las palabras se me atragantaron. No podía decírselo, ¡me daba mucha vergüenza! Pero ahí estaba otra vez esa vocecita malvada, susurrando, incitándome: «Vamos, dilo, suéltalo todo. Hazle saber la putita patética y desesperada en la que te has convertido».

Los dedos de Manson me rodearon la barbilla y me obligaron a levantar la mirada. No pude ocultar el rubor ni la desesperación de mi expresión. Pero no dijo nada, solo me miró con esa mirada oscura y espeluznante.

Ni siquiera tuvo que ordenarme que hablara, salió sin más.

—Estoy empapada y me da miedo mojar la alfombra, ¿vale?

Mi propio jadeo me interrumpió, fue un sonido ahogado. Me sorprendió mi propio atrevimiento.

Excepto que no estaba siendo atrevida, no de verdad. Estaba retorciéndome, acalorada y humillada.

—¿Ah, sí?

La sonrisa que se extendió por su rostro no hizo más que empeorar la situación. No me había dado cuenta antes de lo afilados que eran sus colmillos, como si pudieran perforarme la piel.

—Ay, Jess. Pobre angelito. Te he convertido en una pecadora. Disfrutas tanto de tu castigo que te estás poniendo cachonda. Qué mona.

Quería apartar la mirada. Pero, en lugar de eso, empecé a gemir otra vez, mirándolo, impotente, y apretando las piernas.

—Ahora tengo que hacer que tu castigo sea aún peor —dijo, con una voz burlona a la vez que triste—. No puedo permitir que disfrutes tanto. —Se palmeó el regazo—. Ven aquí. Siéntate.

Se me abrieron los ojos de par en par.

Aquí estaba, el momento que había temido y deseado. Esa vocecita dentro de mi cabeza me estaba animando con crueldad, burlándose de mí: «¡Te va a castigar, te va a castigar!».

Todas mis protestas descaradas murieron en mi garganta. Todos mis pensamientos de salir de esta con el orgullo intacto quedaron apartados por las vívidas fantasías de Manson azotándome, su palma haciendo contacto con mi culo desnudo una y otra vez, hasta hacerme llorar sin control mientras él se reía.

No tenía ninguna duda de que ese sería mi castigo. No podía ser otra cosa, y eso le daba a Manson la oportunidad de herirme, humillarme y empeorar mi excitación, todo a la vez.

Tenía los ojos muy abiertos, brillantes bajo la tenue luz del televisor intermitente. Su ojo blanco parecía brillar. Por los altavoces sonaba una música inquietante y me senté en su regazo, dándole la espalda.

Me agarró las caderas y se inclinó hacia delante, apretándose contra mi espalda.

—¿Sabes lo que es una palabra de seguridad? —me preguntó en un susurro al oído.

Tragué saliva.

—Sí.

—La tuya es «rojo». Dila si lo necesitas. Aunque, ahora que estoy viendo lo masoquista que eres, no creo que la uses. Ya sabes lo que te mereces.

—¡No soy masoquista! —siseé.

Pero tuve la sensación de estar mintiendo.

La humedad entre mis piernas empeoraba a medida que se intensificaba el miedo por mi castigo. Si no me movía pronto, le dejaría una mancha en los pantalones, y sabía que no tenía intención de dejarme ir a ninguna parte. Intenté juntar las piernas, pero no sirvió de nada, ya que estaba a horcajadas sobre su regazo. Al moverme, sentí la dureza de su entrepierna y me quedé helada.

Estaba disfrutando de esto, estaba disfrutando de verdad... Dios, era grande.

—Has sido una chica mala, Jessica —susurró con voz ronca—. Una chica muy mala. Mereces que te castiguen.

Contuve la respiración para no empezar a jadear. Sus palabras se retorcían en mi cerebro y bajaban directamente a cualquier nervio que controlara mi coño. Sentí un calor irreal entre las piernas, demasiado intenso para ser una reacción normal al simple hecho de oír hablar a alguien.

Desesperada por moverme para ocultar mi nerviosismo, me apreté contra su entrepierna, de modo que su dura polla entró en contacto con mi dolorido clítoris. Me moví contra él, reclamando la única estimulación física que había tenido en toda la noche. Estuve a punto de gemir solo por ese momentito de placer, el contacto fue tan placentero que me provocó un escalofrío que me recorrió toda la columna vertebral.

Era el contacto más cercano que habíamos tenido desde aquel día en los baños. El deseo reprimido se había acumulado desde hacía tanto tiempo que gritaba por explotar.

La mano de Manson se aferró a mi pelo, justo a la altura de la nuca.

—Ángel travieso. Muy travieso. ¿De verdad te crees que eso es lo que te mereces ahora? —Tiró de mí hacia atrás, acercó su boca a mi oreja y susurró—: Te mereces que te duela el clítoris toda la noche. Te mereces que te ponga cinta adhesiva para que no puedas tocártelo mientras aplasto tu precioso coño con mi bota.

El sonido que salió de mí fue algo entre un sollozo y un gemido.

Joder, eso era asqueroso y estaba mal y me parecía tan... tan excitante. Era aterrador y cruel y... Joder... ¿Cómo podía querer eso? ¿Cómo podía ponerme ese pensamiento?

—Pero ya llegaremos a eso, ¿verdad, ángel? —Me empujó hacia adelante; luego más... y más—. Inclínate. La cabeza hacia el suelo.

Tuve que cambiar de posición para hacer lo que me pedía. Con el torso y la cara colgando del sofá, boca abajo, me obligó a subir las piernas para que mis muslos quedaran a horcajadas sobre su regazo.

Mientras me recolocaba, me di cuenta de que iba a verme toda. Desnuda y abierta, chorreando para él. Chorreando por sus sucias palabras y su juego sádico.

Aun así, lo hice.

Me agaché y él movió mis pies detrás de él, cruzando mis tobillos a su espalda e inclinándose hacia atrás, atrapándome en esa posición.

—Oh, ángel, estás muy mojada.

Me apretó los muslos con las manos y sus ásperas palmas subieron hasta que sus pulgares quedaron justo debajo de la curva de mi culo. Abrí la boca y solté un grito silencioso, agradecida por la oscuridad y por tener la cara agachada; el pelo me ayudaba a ocultar el fuego de las mejillas. Después de toda la mierda que le había echado a Manson, después de todas las cosas desagradables que había dicho sobre él a sus espaldas, incluso a la cara... Me estaba derritiendo por completo entre sus manos. Estaba deseando sus caricias, su agarre.

Empecé a temblar mientras me sujetaba allí, inclinada, indefensa excepto por la palabra de seguridad que esperaba escondida en el fondo de mi mente y que no quería decir.

—Preciosa —su voz apenas era un murmullo.

Quizá ni siquiera había querido decirlo en voz alta, esa única palabra que cayó como una plegaria.

Era una maldición que mi descaro estuviera tan arraigado en mí que fuera habitual.

—¿Te gusta lo que ves, Manson? —Incluso con la cara ardiendo en el suelo, mi voz salió con un tono burlón.

Sentí que se ponía tenso; todo él, no solo su polla. Y, entonces...

¡Zas!

La palma de su mano me golpeó el culo con un escozor que reverberó en mí y se prolongó con unas chispas diminutas que me hormiguearon por la piel. Me sobresalté por el impacto, pero estaba demasiado conmocionada para emitir sonido alguno; demasiado sorprendida para hacer otra cosa que no fuera jadear sin decir nada mientras la mano que me había golpeado volvía a agarrarme el muslo.

—Mucho mejor ahora —comentó mientras me temblaban las piernas—. Tu coño está más bonito cuando tienes el culo rojo, es curioso cómo funciona esto.

No parecía que le hiciera gracia. Sus palabras se habían acelerado, al igual que su respiración. Se movió en su asiento y sus dedos se clavaron con fuerza en mis muslos, con una tensión satisfactoria.

—¿Tienes un poco de miedo ahora? No pasa nada, la puerta está cerrada y la música está tan alta que puedes gritar y llorar todo lo que quieras, no molestarás a nadie.

—Vete a la mierda —espeté entre dientes—. Que te jodan, que te jodan, que te jodan. —Las palabras no eran de enfado, eran desesperadas, necesitadas, cargadas de deseo—. Por favor, Manson, no… No…

—Que no, ¿qué? —preguntó—. ¿Que no te castigue? ¿Eh? ¿Es eso? ¿Mi ángel travieso no quiere que lo castiguen? —Su voz, de repente, era seria—. Si de verdad no quieres esto, dilo ahora. Ahora mismo. Estás a salvo, puedes pararlo, te lo prometo.

—Quiero esto. —Se me quebró la voz, pero tenía que ser sincera, tenía que decirle la verdad—. Usaré mi palabra de seguridad si es necesario, pero yo… quiero esto.

Me apretó el culo, amasando y agarrando mi carne entre sus manos.

—Qué culito tan bonito, Jess. Se verá aún más bonito con moratones.

La escena de persecución final de la película había comenzado. Una mujer corría por los pasillos vacíos de un hospital, cojeando, mirando detrás de ella con los ojos muy abiertos y aterrorizados, mientras el asesino la perseguía a grandes zancadas. Al final la atraparía. Siempre lo hacían.

La palma de la mano de Manson me golpeó el culo con un chasquido lo bastante fuerte como para que se oyera por encima de los horripilantes gritos que salían de la pantalla. Respiré hondo y aguanté el siguiente golpe, y el siguiente, y el siguiente…, pero el quinto…

¡Joder! Manson estaba decidido a destrozarme. Lo notaba en la fuerza que ponía en cada azote. La piel me hormigueaba, luego me escocía, luego me quemaba. Nunca me habían azotado así. Unas palmaditas en el culo durante el sexo, eso claro, ¿pero tener que agacharme y recibir golpes repetidos, intencionados, dolorosos? Jamás. Su sexto azote me hizo chillar y mover los pies, un intento inútil de zafarme del dolor.

— Está bien que te retuerzas, ángel. —La voz de Manson era suave, tranquilizadora—. Lucha todo lo que quieras, no escaparás. Te quedarás aquí y recibirás tu castigo hasta que aprendas la lección.

¡Zas, zas, zas!

Ahora me movía en serio, retorciéndome en su regazo. Mi clítoris seguía frotándose contra sus vaqueros y la mezcla de dolor y placer me hizo gemir.

Manson movió las piernas y volví a sentir la presión en la nuca: había deslizado una pierna sobre mi espalda y me había puesto la bota encima, empujándome contra la alfombra y sujetándome.

—¿No te sientes mejor estando sujeta? —me preguntó por encima del sonido brutalmente alto de los golpes que seguía dándome—. ¿No te sientes bien sabiendo que estás recibiendo lo que es mejor para ti? Estás aprendiendo a ser una buena chica.

Solté un buen grito, el dolor y la casi insoportable humillación vencieron a mi orgullo.

«Solo unos cuantos azotes más. Solo unos pocos más», me dije. Pero siempre había más, y más, el dolor empeoraba a medida que mi culo se iba calentando.

Manson tenía razón: de alguna retorcida manera, luchar con toda mi fuerza y descubrir que no me llevaba a ninguna parte era un alivio. No podía mover las piernas, ni retorcerme, ni siquiera podía levantar la cabeza del suelo. No tenía más remedio que someterme, ceder al castigo y aceptar el dolor.

Cada vez estaba más mojada. Mi interior se contraía, pero con la pierna de Manson encima de mí, ya no podía empujar mi entrepierna contra él, y esa negación era un tormento totalmente nuevo. Estaba tan tensa que estaba segura de que el más leve roce de su mano me haría correrme al instante. El clítoris me palpitaba por la necesidad, los nervios me ardían.

Quería que me tocara, con desesperación. Pero, en lugar de hacerlo, alternó los azotes en una nalga y luego en la otra, con un ardor tan intenso que se me llenaron los ojos de lágrimas. Me retorcía y aullaba con cada golpe.

—¡Por favor, para, para, para, lo siento, por favor, Manson, lo siento! —empecé a suplicar al final, cuando supe que no podría aguantar más sin llorar por el horrible escozor.

—¿Lo sientes de verdad?

Hubo una pausa en los azotes. En la pantalla, la chica había sido acorralada por el asesino en el bosque. Gritaba, lloraba, suplicaba por su vida.

—¡Sí! —Me revolví bajo su bota, intentando mover la cara lo suficiente como para poder mirarlo y que viera lo sincera que estaba siendo—. ¡Lo siento! No contestaré más.

—¿Te portarás bien? ¿Obedecerás?

—Sí —gemí, y recordé algo que me había dicho antes—. Sí, amo. Obedeceré.

—Eso está mejor.

Despacio, apartó la bota de mi cabeza.

Habían atrapado a la chica de la pantalla. Cada puñalada que asestaban en su pecho iba acompañada por el chirrido de las cuerdas de un violín.

—Dale un beso a las botas mientras estás ahí abajo. Demuéstrame lo agradecida que estás por tu educación, ángel.

Besé una bota y luego la otra, dejando más marcas de brillo de labios sobre el brillante cuero negro.

Manson me ayudó a sentarme, despacio, sobre su regazo a pesar de que, al entrar en contacto con sus vaqueros, me ardió el culo. Me recosté sobre su pecho, fuerte y cálido contra mi espalda. Por un momento, lo único que quise fue quedarme allí, cerca de él, sintiendo los latidos de su corazón. Me rodeó en un abrazo, tranquilizador pero no exigente. Cuando me acomodé en él con un suspiro profundo y tembloroso, me abrazó con más fuerza.

Poco a poco, volví a la realidad. La casa que nos rodeaba volvió a ser real. Podía oír la música retumbando a través de las paredes y el murmullo lejano de la multitud.

Los dedos de Manson trazaban círculos en mi brazo.

—¿Estás bien, Jess? —murmuró.

Asentí.

—No puedo creerme que tú... Que de verdad... —dije.

—Y yo no puedo creer que me hayas dejado —dijo en voz baja.

Me incorporé lo suficiente como para poder mirarlo. Me secó una lágrima rebelde antes de que cayera y me incliné hacia su mano. Manson Reed, el friki, el bicho raro de Manson Reed me hacía sentir segura y aterrorizada, protegida y maltratada, todo al mismo tiempo. Pero no era solo eso.

En ese momento, lo único que quería era meterme en sus pantalones.

—¿Vas a portarte bien a partir de ahora? —preguntó, tomándome de la barbilla—. ¿No habrá más insolencias?

Sonreí.

—No puedo prometerte que no habrá insolencias. Pero... intentaré portarme bien.

—¿Ya estás volviendo a tus viejas costumbres? —se rio—. ¿Han pasado dos minutos y ahora solo vas a *intentar* portarte bien?

—Portarse bien es difícil para una chica mala —insistí, mientras le recorría el pecho con los dedos, los pasé por encima de las hebillas del arnés, preguntándome cómo sería sin la camiseta—. Pero sabes... quizá si me follas... eso me ayude a portarme bien.

Su expresión tranquila se vio alterada por la sorpresa. Estaba acostumbrada a que los chicos se enamoraran perdidamente de mí, luchando por la oportunidad de acostarse conmigo. Pero cuando su sorpresa se disipó, Manson se limitó a sonreír despacio, como si yo hubiera dicho una tontería.

Me apretó las mejillas y me sacudió la cara.

—Ay, Jess. No puedo ponértelo tan fácil, ¿verdad? Eso no tiene gracia. Me gusta ver cómo te retuerces.

Hice un puchero y me moví en su regazo para poder frotarme contra él.

—¡Sería divertido! Solo uno rápido…

—No, ángel. —Su voz fue firme—. Aún no. Cuando te folle, si lo hago, no será un polvo rápido en un sofá. Haré que grites.

Normalmente, solía poner los ojos en blanco ante las promesas de los chicos sobre su abrumadora destreza sexual, pero en el caso de Manson, le creí. No me atrevía a dudar de lo que era capaz de hacer, y lo deseaba aún más. El deseo me estaba volviendo loca. ¿Cómo iba a poder volver a la fiesta después de esto y comportarme como si nada?

No estaba acostumbrada a no conseguir lo que quería. Mi voz se convirtió en un gemido.

—Por favor, amo. Venga.

Moví las caderas en un círculo lento y suave, y sentí cómo su polla se contraía contra mí. ¡Ja! ¿Cómo iba a resistirse a eso? Pero en lugar de desabrocharme el sujetador, Manson me agarró del pelo. El doloroso tirón me hizo quedarme quieta al instante, siseando por el dolor.

—Cuando yo digo que no es que no. —Su voz sonaba baja, como una advertencia—. ¿Entendido?

—Sí, amo —respondí rápido.

Por muy cachonda que me hubiera puesto, no quería que me inclinara y me azotara otra vez.

—Vas a ser paciente para mí —ordenó, sujetándome la cabeza de tal manera que no podía apartar la mirada de la suya—. Vas a sufrir con ese coño mojado que tienes y vas a esperar. Y cada vez que te ordene hacer algo, te pondrás peor. Tendrás que aguantarte.

Temblaba de expectación por dentro. El mero hecho de que se atreviera a rechazarme… este tío tenía unos huevos enormes.

60

Se levantó de repente, arrastrándome con él, y me apretó contra su pecho con la mano aún enredada en mi pelo. Mirarlo así me hizo temblar.

—No es justo —gemí, sin importarme lo más mínimo mi propia seguridad.

Él arqueó una ceja.

—¿No es justo? ¿No es *justo*, ángel? —preguntó, despacio.

Tragué saliva.

¡Oh, arrepentimiento, arrepentimiento, arrepentimiento instantáneo!

—Bueno… Lo que quiero decir es que… No… No puedes…

—¿No puedo qué? —Me agarró con fuerza por la nuca, tirando de mí hacia abajo y obligándome a volver a ponerme de rodillas mientras se inclinaba sobre mí—. Puedo hacer lo que quiera, ángel. Puedo hacerte sufrir toda la noche y no darte el alivio que buscas. Puedo volver a azotarte solo porque me gusta oírte gritar, y suenas muy bien cuando gritas.

Al tener el culo presionado sobre mis piernas dobladas, me ardía. No quería otra azotaina cuando ya tenía la piel así de irritada.

—Entonces diré mi palabra de seguridad —gemí, aunque no esperaba que le pareciera tan gracioso como le pareció.

—Tu palabra de seguridad significa que esto termina. Sirve para eso. No es una forma de obligarme a hacer lo que tú quieres, es una forma de mantenerte a salvo.

¡Pero yo no quería que terminara! Quería correrme, con desesperación. Quería quitarle los pantalones y que me follara.

Me retorcí, descontenta.

—Eres lo peor.

Él sonrió burlón y me dio un beso en la frente.

—Ay, ángel. No te haces una idea.

LOS PAYASOS

Sabía que sería una tortura. Pero, Dios mío, no estaba preparada para lo horrible que era estar cachonda sin ninguna esperanza de liberación.

No dejé de hacer pucheros mientras seguía a Manson por la fiesta. Se me hacía muy incómodo caminar entre el escozor en el culo y la excitación abrumadora, y sin el cómodo refugio de unas bragas, vivía con el miedo constante de que alguien pudiera ver algo bajo mi falda. Por supuesto que me tenía que poner una minifalda para la fiesta, pero tampoco es que hubiese planeado perder mi ropa interior y mi orgullo esa noche. A pesar de la incomodidad, me mantuve cerca de Manson e intenté ser obediente... al principio.

Le había advertido que ser una buena chica era muy, muy difícil.

Quería que sintiera la misma tortura que yo. ¿Cómo podía soportar la espera? Le había puesto darme azotes, y podía ver ese mismo placer en su rostro cada vez que me daba una orden. Pero eso significaba que su deseo de hacerme sufrir, de desesperarme, de mantenerme al borde, era incluso más intenso que su deseo sexual. Y eso era aterrador.

Intenté portarme bien, pero mis humillantes tareas me mantenían mojada y, cuanto más tiempo pasaba, más crecía mi frustración.

Empecé a planear una escapada desesperada al baño, donde podría masturbarme deprisa y quizá él no se daría cuenta.

Se acercaba la medianoche. Habían sacado barriles de cerveza, la gente se tiraba a la piscina y se quitaba los disfraces en el agua. Manson y yo éramos, sin duda, los más sobrios de la fiesta, aunque a nadie parecía importarle.

Manson no dejaba de encontrarse con gente que conocía, se paraba a charlar con ellos, reía y bromeaba. Parecía conocer a todo el mundo, incluso a los que no habían ido a nuestro instituto. Y no solo eso, a todos parecía caerle muy bien. Las caras de la gente se iluminaban cuando lo veían, hablaban más rápido cuando le respondían. Ver su entusiasmo me hizo estar orgullosa. Yo era la que estaba a su lado, la que les traía bebidas a sus amigos.

Pero también era la que se retorcía de lo cachonda que estaba, con el culo aún rojo y ardiendo, mientras intentaba resistir con desesperación el impulso de frotarme contra la pierna de Manson como un perro.

Me sentía orgullosa cuando salía con Kyle: disfrutaba de la envidia de la gente, me deleitaba con sus celos. Kyle y yo éramos el símbolo del estatus del otro, aunque fuéramos unos cabrones. Era lo único a lo que realmente podía aferrarme del instituto y eso... eso era bastante patético.

A diferencia de Manson, que aparentemente no solo tenía amistades, sino también admiradores.

Alguien convenció al DJ borracho para que pusiera una canción espeluznante y evocadora para crear ambiente, así que, en lugar de música *dance* animada, de repente el patio se llenó del lento rasgueo de las cuerdas de un violín y el retumbar de una batería. El aire fresco se había vuelto absolutamente glacial, y me abracé a mí misma mientras Manson hablaba sobre sistemas operativos informáticos y Javanosequé con una pareja con gafas. Mirando a mi alrededor, con la esperanza de encontrar algún lugar cercano donde poder entrar en calor, me di cuenta de que otro grupo acababa de llegar a la fiesta.

Se me revolvió el estómago. Un escalofrío me recorrió las venas. Sin darme cuenta, me pegué contra el costado de Manson.

—¿Qué pasa? —preguntó, mirando hacia atrás en la dirección en la que yo estaba mirando—. ¿Qué...?

—Payasos —siseé—. Hay putos payasos.

Tres hombres cruzaban el patio desde la puerta de entrada lateral, con cervezas en la mano, riéndose y dándose empujones unos a otros. Llevaban monos negros a juego y tenían la cara pintada de blanco, con formas negras alrededor de los ojos y la boca, lo que transformaba sus labios en amplias sonrisas irregulares. No eran los típicos payasos alegres de circo, eran los bufones del infierno.

Y lo que era peor: los conocía.

Los conocía porque, al igual que había hecho con Manson, había pasado mi último año de instituto atormentándolos, viendo cómo Kyle los acosaba y haciendo alarde de mi estatus intocable delante de ellos solo para ver el anhelo y la frustración en sus ojos.

Eran Vincent, Jason y Lucas. Los mejores amigos de Manson.

Dejé de mirarlos y me abracé a mí misma. Me había ganado muchos enemigos en el instituto, pero estos chicos sin duda encabezaban la lista.

—Vámonos dentro —pedí con rapidez—. ¡Manson!

Pero él ya se estaba alejando. No hacia la casa, joder, sino hacia los payasos que venían hacia aquí.

—¿Qué tal, chicos?

Se dieron la mano, sonriendo y abrazándose. Incluso bajo el maquillaje, reconocí sus caras. Vincent, con su largo cabello castaño suelto y despeinado alrededor del rostro. Jason, con esos brillantes ojos azules y su cabello de un azul aún más brillante. Y Lucas... Lucas, que nunca sonreía, que parecía que te iba a comer viva, con su diminuto tatuaje de una cara sonriente hecho con punzón debajo de su ojo derecho que todavía se podía ver un poco a través del maquillaje.

Me estremecí.

Los recuerdos de haberles hecho la vida imposible se cernían sobre mí, como el espectro del karma, riéndose con malicia. Intenté mantenerme alejada de ellos, con la esperanza de que se marcharan sin reconocerme, pero esa noche la suerte no estaba de mi parte.

—Vaya, vaya, vaya —reconocí la voz grave de Lucas por la forma fría en que me recorrió la espalda—. Si es la puta Jessica Martin.

Me di la vuelta, con los brazos cruzados y cara de mala leche. Manson me observaba, con algo que era una mezcla entre advertencia y diversión que le hacía curvar las comisuras de los labios. Pero no podía esperar que no me enfadara al encontrarme con los peores frikis del instituto.

—Hola —saludé con frialdad, fingiendo desinterés.

Enfrentarme a ellos era como volver a ver a Manson después de más de un año. Eso abrió más cajas de los recuerdos enterradas y vergüenza oculta. Los chicos de los que me había burlado ahora eran hombres, musculosos y tatuados, con rencor sobre sus hombros. El desdén divertido en sus ojos dejaba claro que no habían olvidado lo hija de puta que había sido con ellos.

No habían olvidado y no habían perdonado.

El karma se reía y tiraba de sus hilos mientras los payasos me rodeaban despacio, observando mi escasa ropa. De repente, me di cuenta de lo mojada que estaba otra vez. Joder, no podía aguantar mucho más. Debería aterrorizarme el hecho de estar rodeada por tres tíos que seguro me odiaban, pero, en vez de eso, no podía dejar de pensar en ponerme de rodillas para ellos.

—¿Dónde está Kyle, Jess? —preguntó Jason con indiferencia, examinando los relucientes anillos plateados que lucía en los dedos.

Recordaba cuándo empezó a llevar esos anillos gruesos y por qué: hacían mucho más daño en una pelea que sus dedos delgados.

—Fuera del mapa —dije, con indiferencia, y los chicos intercambiaron una mirada.

—¿Quién podría haberlo previsto? —comentó Vincent.

Lucas sonrió con aire burlón.

Esa sonrisa… Joder. Era malvada y fría, tan amarga como el chocolate negro y tan atractiva como él.

—Entonces ya no tienes a ningún idiota que te guarde las espaldas —dijo Lucas, mientras me apartaba un mechón de pelo de la cara con la mano—. ¿No te sientes un poco vulnerable, Jess?

—Tranquilos, chicos —intervino Manson, interponiéndose entre ellos y yo. Se me cortó la respiración. Me pasó un brazo por los hombros, haciéndome sentir pequeña a su lado, y me dio un beso en la sien con posesividad—. Esta noche está conmigo.

Lucas arqueó las cejas sorprendido y Jason se rio entre dientes.

—Joder, tío, ¿no vas a compartir?

Compartir.

Ay, Dios. Pensar en que los cuatro me compartieran, que me dieran órdenes, me degradaran, me castigaran… Me provocó un nudo en el estómago, que se fue apretando poco a poco por la tensión y el deseo. Deseaba a los mismos hombres a los que había atormentado en el instituto. Era tan humillante como apropiado. Pero, Dios, esos maquillajes de payaso me daban escalofríos.

Podía oler el perfume de Vincent, algo vivo y cítrico que se mezclaba con el olor oscuro y especiado de Manson. Los ojos de Jason eran como agujas que me pinchaban la piel con suavidad, buscando un punto débil. Y Lucas, el puñetero Lucas, era el lobo que merodeaba al borde de la manada, ansioso por morder, cada vez más inquieto.

Me sentí acorralada, cazada: una coneja a punto de que se la disputaran, quedando destrozada en el proceso.

No estaba acostumbrada a ser la víctima. Siempre había sido yo quien tomaba las decisiones y contaba con el apoyo de la manada. No tenía ninguna duda de que había hecho sentir esa misma impotencia a todos los que ahora me rodeaban.

Era justicia, de alguna manera. Poética, quizá.

Me pasé la lengua por los labios, aún suaves por el sabor a fresa de mi brillo de labios, y traté de pensar en algo que responder antes de que el deseo se reflejara en mi rostro.

—No soy un trozo de carne, Jason —espeté, y sentí una risita en el pecho de Manson.

Me hice la dura, pero lo cierto es que no estaba haciendo ningún esfuerzo por alejarme de él. En lugar de sentirme aterrada, la sensación de estar acorralada por los tres me provocaba una descarga de endorfinas.

—Mmm, tiene razón —concordó Vincent pensativo, dándole un empujoncito a Jason—. Un trozo de carne estaría atado y colgado del techo, aunque, sin duda, puedo encargarme de eso.

—A Vincent le gusta atar a la gente —explicó Manson con sequedad—, como puedes ver.

Imaginarme exactamente la escena que Vincent me había descrito no ayudaba en nada a mi situación. Me moví incómoda de un pie a otro, buscando una forma de escabullirme antes de que el gemido que nacía en mi garganta lograra escapar.

¿Qué demonios me pasaba? ¿Desde cuándo gemía por hombres… por *cualquier* hombre?

—Parece que estás un poco distraída —comentó Jason, apareciendo de repente tras mi otro hombro.

La repentina cercanía de su sonrisa burlona me hizo soltar un grito y saltar contra Manson.

El chico de pelo azul sonrió.

—Oh, no te asustes. No mordemos.

—No le mientas —rio Lucas—. Claro que mordemos.

—No os preocupéis por asustarla, chicos —dijo Manson, dándome un apretoncito—. Es un buen entrenamiento para ella.

Manson sonrió cuando vio que lo fulminaba con la mirada. Quería pegarle: por negarme el orgasmo, por darme azotes, por hacerme esperar, por obligarme a quedarme allí de pie y enfrentarme a ellos.

Conseguí contener los puños, pero no la lengua.

—Manson… No podemos… No podemos…

—¿No sabes que es de mala educación cuchichear cuando hay amigos cerca? —me reprendió Manson, con un tono de voz que me

dejó claro lo mucho que disfrutaba regañándome delante de ellos—.
¿No podemos qué? ¿Entrar para que por fin te folle?

Tuve que ponerme roja de la cabeza a los pies.

Mis ojos se movían rápidamente de un payaso a otro mientras se reían.

Solo unas pocas personas del instituto se habían enterado de mi asuntillo con Manson, pero estos tres payasos estaban entre ellos. Estaban allí cuando intenté advertirle que se mantuviera alejado del instituto, que se mantuviera alejado de Kyle.

—Volvamos dentro —le supliqué—. Por favor, Manson..., ya me has hecho esperar bastante...

Deslicé una mano por su pecho y por encima de sus vaqueros. Sentí su erección y la apreté, mirándolo con ojos grandes y suplicantes.

Ni siquiera se inmutó.

—Ya lo sabes, ángel —me advirtió—. Esto es a mi ritmo, no al tuyo. Y no te estás dirigiendo a mí como es debido.

No podía decirlo delante de sus amigos, no podía.

Intenté no mirarlos, pero mis ojos se desviaron hacia ellos. Lucas me observaba con ansia, era como un lobo que había visto al conejo que más odiaba. La mirada tranquila y desconcertantemente brillante de Jason captó la mía cuando la pasé sobre él y me retuvo mucho más tiempo del que yo quería. Y Vincent seguía sonriendo y se le veía muy complacido, balanceándose sobre los pies, como si fuera un monstruo al estilo Stephen King que hubiera cobrado vida.

Les encantaba ver cómo me retorcía.

—No puedo decir eso aquí —susurré, deseando que solo Manson me oyera—. Quiero entrar. Vamos.

Mi voz sonaba caprichosa y totalmente de niñata malcriada, incluso para mis propios oídos.

—¿Te preocupa más lo que piensen de ti que complacerme, Jess? —preguntó Manson, y chasqueó la lengua—. Así no es cómo se comportan las chicas buenas.

Podía sentir que se avecinaba un castigo, y la mocosa que había en mí comenzó a hacer un berrinche. Furiosa, me aparté de él, crucé los brazos y resoplé.

No podía soportarlo más. Tenía que irme. Ya.

—Tengo que ir al baño —murmuré, antes de que Manson pudiera continuar con su regañina—. Ahora vuelvo.

Esperaba que intentara detenerme, pero en cambio me dijo que no tardara.

—Es una niñata malcriada, chicos. Solo hay una manera de domarla. —Pude oírle decir en voz baja mientras me alejaba a toda prisa.

Si a la vuelta me esperaba otra azotaina, al menos primero iba a correrme.

El baño estaba ocupado, por supuesto, y esperé impaciente delante de la puerta hasta que finalmente salió una chica borracha tambaleándose. Se había formado una cola detrás de mí, así que sabía que tenía que darme prisa. Allí, sola en el silencioso baño, por fin pude mirarme bien en el espejo. Mi pelo seguía estando peinado y tenía el maquillaje intacto, aunque era solo cuestión de tiempo que eso cambiara.

Curiosa, me giré y me subí la falda para poder verme el culo. Estaba rojo, todavía caliente y ardiendo por la mano de Manson. Solo recordar mi posición, tan firmemente sujeta y sin poder escapar, me hizo morderme el labio inferior y apretar los dedos de los pies.

Dios, quería que volviera a hacerlo. Quería que me hiciera daño, que me follara, que me hiciera gritar. Lo había molestado, lo sabía, así que al menos existía la posibilidad de que me esperara otra azotaina despiadada cuando saliera. ¿Y si lo hacía delante de sus amigos? ¿Y si esta vez no había intimidad?

Sin dejar de mirar mi culo enrojecido en el espejo, me apoyé contra la pared frente a mí y metí la mano por debajo de la falda. Mis dedos se deslizaron sobre mi clítoris y lo froté con rapidez, con furia. No podía tardar mucho, había gente esperando. Me mordí el labio para no hacer ruido, pensando en la mano de Manson golpeando mi piel enrojecida.

Un golpe seco resonó en la puerta.

—Es-espera… un momento… —dije entre jadeos.

Estaba muy cerca. Llevaba tanto tiempo excitada que no me costaría mucho llegar. Tenía los dedos resbaladizos. Cerré los ojos.

Más golpes en la puerta, joder.

Imaginé a Manson inclinándome, sujetándome con fuerza bajo su brazo, regañándome mientras los payasos miraban, dándome azotes hasta que lloraba desconsoladamente, sin poder controlarme…

Más golpes. Ahora eran furiosos, insistentes.

Joder, no podía correrme así.

Con un fuerte gruñido de frustración, me bajé la falda y abrí la puerta de golpe.

—Por Dios, ya he terminado, ¿vale? —espeté—. No hace falta que seas tan gilipollas…

Manson me empujó de nuevo al interior del baño y cerró la puerta de un portazo. Me agarró, sujetándome por los brazos, y me empujó contra la pared. Me sentí culpable al notar la humedad de mi excitación en los dedos, una prueba irrefutable de mi desobediencia.

—Mi-mierda… Manson…

Se cernía sobre mí, mirándome como si quisiera comerme viva.

—¿Qué crees que estás haciendo, ángel? —preguntó agarrándome la muñeca y levantándome la mano—. ¿Qué es todo esto que tienes en los dedos, eh? ¿Creías que podías escabullirte y hacer algo así de atrevido?

Se me aceleró la respiración mientras lo miraba.

—Yo… Eh… Había gente esperando ahí fuera…

—Ya no. —Sonrió—. Es una casa grande, pueden usar otros baños. Les indiqué dónde estaban. Necesitamos un poco de tiempo a solas.

—¿Vas a hacerme daño? —susurré.

—Más de lo que te puedas imaginar. ¿Recuerdas tu palabra de seguridad?

—Sí.

Debería estar aterrorizada, pero me vibraba todo el cuerpo. Mis fantasías de castigo no eran nada comparadas con la realidad.

—Si me paso, más vale que la uses. ¿Lo entiendes?

Volví a asentir.

Mi coño se tensó y jadeé, temblando entre sus brazos. Si me hubiera visto hace un par de años tal y como estaba ahora, gimiendo y chorreando delante del chico del que me había reído, me habría horrorizado. No me lo habría creído.

Todavía me costaba creerlo.

—Es hora de otra lección, Jess —indicó Manson, mirándome de arriba abajo—. Hace solo un par de horas estabas recibiendo azotes en ese culito tan bonito que tienes. ¿Ya has olvidado lo que se siente?

Me soltó los brazos y deslizó las manos hasta apretarme el culo, que me ardía. Grité y me derrumbé entre gemidos de dolor que se intensificaron hasta convertirse en un gruñido cuando me agarró con más fuerza. Su tacto era electrizante. Quería que volviera a empujarme contra la pared.

—¡No lo he olvidado! —Me atrajo hacia él con la mano que tenía sobre mi culo y yo me acerqué más—. ¡Haces que sea jodidamente difícil obedecer! ¡Y no me dijiste que no me tocara!

—Niñata malcriada —dijo apretando los dientes y mostrando por un instante sus afilados colmillos—. Te dije que quería verte sufrir. Que quería ver cómo te retorcías. No vas a quitarme ese placer. —Sacudió la cabeza en señal de desaprobación—. Ojalá tuviera mi paleta aquí. Dios, dejarte el culo negro y azul con esa cosita haría que obedecieras como debes.

Estaba temblando. No sabía si quería enmascarar mi miedo con ira, o mi excitación con descaro, o si sus amenazas iban a quebrarme y hacerme suplicar otra vez. Tenía una paleta, literalmente poseía instrumentos para infligir dolor y humillación.

Era un monstruo.

Y, Dios, me encantaba. Yo también deseaba que tuviera su paleta aquí.

En lugar de responder con descaro, opté por una táctica diferente: la dulzura.

—¡Estoy esforzándome mucho por portarme bien! —me quejé—. Vamos, Manson… Eh, amo… Por favor…, si me dejaras acabar…

—No negocio a cambio de buen comportamiento, ángel. Dios, ¿no sabes cuánto tiempo he deseado hacer esto? ¿Tienes idea de lo bien que sienta castigar a la chica que siempre se reía de mí? —Me acarició la cara con ternura mientras me mantenía pegada a la pared—. ¿Ver cómo gimoteas y te quejas y te pones roja, pero sigues haciendo todo lo que te digo? Es demasiado placentero.

—Eres un idiota —gemí—. Lo deseo mucho, Manson.

—¿El qué? —preguntó en voz baja—. ¿Qué deseas?

—¡A ti! Solo quiero follar, por favor, me tienes tan cachonda que no puedo soportarlo, ¡voy a volverme loca! —jadeé con desesperación, a punto de estallar—. Por favor, no me hagas esperar más, por favor, solo… solo… ¡ponme a cuatro patas y fóllame!

Por dentro me moría de vergüenza, pero no podía evitarlo. Si suplicar era lo único que pondría fin a esta tortuosa espera, entonces eso es lo que haría.

Manson se rio entre dientes, y luego se echó a reír a carcajadas.

—Oh, Jess. Pobrecita —dijo al final, cuando se calmó—. Te voy a follar, créeme. Muy pronto te follaré tan duro que no podrás caminar derecha durante una semana. Pero primero… —Sacó algo de su bolsillo: ese trozo fino de algodón y elástico que me había quitado antes, mi tanga, y lo balanceó delante de mi cara—. ¿Todavía quieres recuperarlo?

—Sí, por favor —dije con voz débil y derrotada.

Si me estaba ofreciendo mi tanga, eso significaba más espera. Sentí que podía llorar de puro deseo.

—No puedo creer que te negaras a metértelo en la boca —dijo—. Piensa en lo diferente que podría haber sido todo si hubieras aceptado el reto.

—¡No podía! ¡No delante de todos…!

—El orgullo no tiene cabida cuando me sirves. —Acercó el tanga a mi cara, acariciando mi mejilla con la tela de encaje—. No puedo dejar pasar ese reto, Jess. Tenía muchas ganas de verte con él en la boca.

Tragué saliva.

—Manson... Por favor...

—Métetelo en la boca —habló con suavidad—. Métetelo en la boca, ponte de cara a la pared e inclínate.

La cabeza me iba a mil por hora.

Inclinarme... Estaría completamente expuesta. Lo vería todo: cada trocito de piel empapada. Por supuesto, ya me había visto todo cuando me azotó sobre su regazo, pero cada exposición se sentía igual de íntima, igual de degradante... igual de excitante.

Fantasías inconfesables se me pasaron por la cabeza. Pensé en sus dedos acariciándome, separándome, presionando dentro de mí...

Abrí la boca, esperando mi mordaza. Hubo un destello de sorpresa en su rostro ante mi conformidad, antes de que el fuego se encendiera en sus ojos. Me metió el tanga en la boca, no lo suficiente como para llenármela, pero sí para ahogar cualquier sonido que pudiera intentar emitir. Podría haberlo escupido con facilidad, pero cerré la boca lo justo para mantenerlo ahí. Lo miré a los ojos por un momento, largo y tenso, antes de girarme despacio, doblarme por la cintura y agarrarme los tobillos.

Mis tacones hacían que la postura fuera particularmente difícil. Tenía todo el culo al aire, mi falda corta era inútil. Las botas de Manson estaban justo detrás de mí, cubiertas de los besos que había dejado con mi brillo de labios.

No dijo nada mientras pasaban los segundos, segundos que parecían una eternidad.

—Abre las piernas —dijo al fin—. Quiero verte. Entera.

Separé los pies y el aire fresco me acarició la piel. Esperé y empezaron a temblarme las piernas. La dificultad de la postura y mi excitación cada vez mayor iban a hacer que me resultara imposible mantenerme así durante mucho tiempo.

Una vez más, Manson guardó silencio.

Intenté controlarme, respirando despacio por la boca y exhalando por la nariz.

—Ábrete para mí.

Se me escapó un gemido.

Cada orden llegaba muy despacio, muy metódica. Me estaba dando tiempo para demorarme, para que sintiera de verdad hasta dónde llegaba la degradación. Lo odiaba por eso.

Lo odiaba, lo amaba, quería más…

Extendí la mano hacia atrás, intentando agarrarme la zona sensible. Tenía los dedos resbaladizos y apenas podía abrir los labios, no conseguía agarrarme bien.

Dios, me sentía muy sucia. Me sentía muy expuesta. Él no me tocó, ni siquiera se acercó a mí. Pero deseaba que lo hiciera. Quería su contacto con desesperación.

—Pasé los años más hormonales de mi vida deseando tocarte, Jess. Deseándolo… sin atreverme a hacerlo nunca. Aprendí a ni siquiera mirarte —dijo como si pudiera sentir mi frustración y confusión por la distancia que mantenía; después, se rio con amargura—. Mientras tanto, tú me tocabas, me provocabas y te reías en mi cara. Lo sabías. Sabías lo mucho que te deseaba. —Soltó el aire: pesado, tenso—. Así que, si crees que no voy a saborear cada segundo de esto, si crees que no tengo la disciplina necesaria para esperar ni siquiera por mi propia satisfacción, estás muy equivocada.

Se me acumulaba la saliva en la boca. Era incapaz de tragar, pronto empezaría a babear. Humillación tras humillación. Se me resbalaron los dedos y tuve que recolocarlos, separando los labios.

Su respiración volvió a cambiar, tal vez fue un jadeo o una risa suave.

—Dios, es patético lo necesitada que estás. —Su voz no era cruel, ni burlona. Lo dijo como si fuera un simple hecho, y yo asentí con un gemido entre el tanga—. Huyendo al baño para tocarte…, qué chica más traviesa. Hace tiempo que no te corres, ¿eh?

Si hubiera sido capaz de articular palabras coherentes, habría estado de acuerdo. Había estado con otros chicos desde que rompí con Kyle; el sexo casual era mi forma favorita de aliviar el estrés. Pero esto era más que sexo. Había despertado otro deseo en mí, un ansia de algo cruel e inusual que nunca había satisfecho. Era un monstruo deslumbrante, que rugía y exigía ser saciado.

Manson se agachó y se quedó mirándome fijamente, la cabeza me colgaba entre las piernas. Sonrió, era una sonrisa totalmente sádica, lobuna.

—¿O es que eres tan pervertida que el hecho de que te ordenen lamer las botas de un chico raro te excita y te pone cachonda? ¿Basta con que te den unos azotes y te hagan suplicar clemencia para que te corras? Joder, qué pervertida.

Su mirada se desplazó y supe que estaba mirando directamente a mi coño.

«Dios, por favor, tócame, tócame, ¡lléname!».

—Disciplina —murmuró—. Eso es lo que te falta. No puedes esperar que te recompensen por seguir órdenes así de simples.

La saliva se me acumuló en los labios y comenzó a chorrearme. Las ganas de escupir el tanga eran cada vez mayores, pero la incomodidad me parecía agradable. Cuanto más aguantaba, mejor me sentía, porque significaba que seguía obedeciendo. Seguía cumpliendo sus órdenes. Me estaba ganando mi recompensa.

«No puedes esperar que te recompensen por seguir órdenes así de simples».

—Jessica, mírame.

Había cerrado los ojos sin darme cuenta, pero los abrí para mirarlo, boca abajo entre mis piernas abiertas.

—Tócate —dijo con suavidad—. Solo con un dedo. Despacio.

—Por favor... Por favor, fólla...

Lo que decía era incompresible por el tanga.

¿Cómo iba a atreverme a hacer eso delante de él? Lo veía todo. Tenía la opción de decir que no. Me había dado una palabra de seguridad y me había exigido que la usara si fuera necesario. Pero no sentía esa necesidad. Me sentía humillada, avergonzada, excitada... Estaba asustada, pero no de una forma mala.

No me asustaba lo que él pudiera hacerme, sino lo que yo estaba dispuesta a hacer siguiendo sus órdenes.

Con un dedo, despacio, hice presión hacia mi interior. Mi piel se abrió, suave y resbaladiza. Tenía que moverme con cuidado para no clavarme las uñas acrílicas rosas.

Un solo dedo no era suficiente, pero la sutil estimulación hizo que se me entrecortara la respiración. Volví a cerrar los ojos, incapaz de soportar su mirada.

—Fóllate el coño. Vamos, Jess. Adentro y afuera.

¿Por qué tuvo que empeorar las cosas hablándome mientras lo hacía?

Saqué el dedo y luego lo volví a introducir despacio hasta el fondo. Una y otra vez. Podía sentir el peso de su mirada sobre mí, incluso con los ojos cerrados. Con cada movimiento de mi dedo expulsaba más humedad. Tenía el clítoris hinchado por el deseo.

En lugar de seguir manteniéndome abierta, bajé la otra mano entre mis piernas y me froté el clítoris, lo que me provocó una descarga de estimulación que me recorrió las piernas temblorosas. Apoyé la cabeza contra la pared para mantener el equilibrio. La saliva me goteaba por la barbilla mientras gemía, luchando por mantener las rodillas rectas. Sin pensarlo, añadí un segundo dedo en mi interior, moviéndolo hacia dentro y hacia fuera.

Gemía en voz alta, sin importarme que alguien me oyera, sin pensar en lo vergonzoso que era.

Estaba a punto... Estaba muy cerca... Dios, qué bien me sentía, se me doblaban las rodillas...

—Jessica, para. Ya.

Su voz lo atravesó todo, como si alguien hubiera encendido un interruptor en mi cerebro. El hecho de que se estuviera riendo me sacó casi al instante de mi confusión desesperada y excitada.

Retiré los dedos, maldiciendo a través de la mordaza.

Había estado muy cerca, ¡demasiado cerca! Debería haber seguido, ¡debería haber disfrutado cuando había tenido la oportunidad! En lugar de eso, me levanté tan rápido que me empezó a dar vueltas la cabeza. Me quité el tanga de la boca y lo tiré al suelo, luego me volví hacia él con una mirada furiosa y la espalda pegada a la pared. Él se agachó y me miró, mostrando sus afilados dientes en una sonrisa.

—Qué gracioso —murmuró—. Prefieres obedecerme antes que darte placer. Aunque te frustre, sigues prefiriendo obedecer. Eso está bien. Mucho mejor.

Su sonrisa se ensanchó cuando se levantó. Me agarró por el cuello, pero no apretó, al menos todavía no. Se limitó a mantenerme allí, inmovilizada contra la pared.

Respiraba con dificultad, el aire me quemaba los pulmones y temblaba.

Con la mano que tenía libre, me agarró la muñeca y me la levantó, mirando los dedos que había utilizado para darme placer.

—Eres más divertida de lo que esperaba —dijo en voz baja.

Con delicadeza, se llevó un dedo a la boca y no pude evitar soltar un suspiro al sentir el contacto. Su lengua se deslizó sobre mi piel, saboreando cada gota de mi fluido, mientras su boca me envolvía de una forma aterradora y provocativa a la vez. Sentí sus labios suaves y el roce de sus dientes sobre mi piel al succionar, como una ventosa que no pude evitar imaginar en otras partes de mi cuerpo. Me agarró con más fuerza por el cuello, empujándome hacia atrás, dificultándome la respiración, pero sin llegar a impedirla.

Contuve el aire lo mejor que pude mientras se sacaba mi dedo de la boca, despacio. Se humedeció los labios y sus ojos se encontraron con los míos. Tenía una mirada feroz, hambrienta. Su mirada viajó hasta mi boca, una pregunta silenciosa, una orden que no se atrevía a dar.

Así que se la di yo.

—Hazlo —le exigí—. Bésame.

No dejó de agarrarme la garganta mientras reclamaba mi boca, su cuerpo presionado contra el mío. Las correas metálicas de su arnés se me clavaron en el pecho y el dolor me hizo querer aferrarme a él con más fuerza. Mis manos agarraron sus caderas, luego arañaron su espalda, se enroscaron alrededor de sus hombros y lo atrajeron hacia mí mientras nuestras lenguas se entrelazaban. Sabía a menta, tabaco y cerveza. Me mordió el labio, se rio del sonido que salió de mis labios y luego volvió a besarme. Era una lucha por ver quién podía ser más duro, quién podía exigir más, como si intentáramos fundir nuestros cuerpos. Le arañé el cuello, decidida a marcarle la piel y él se estremeció.

De repente, me levantó y me empujó contra la pared, reteniéndome ahí mientras nos besábamos. Enrosqué las piernas a su alrededor y le acaricié el pelo, tirando al suelo su gorra de policía. Le agarré sin piedad el pelo de la nuca, esperando sentir cómo se retorcía de dolor. Le mordí el labio hasta que gimió en mi boca y sentí un sabor metálico.

Lamí la sangre que caía, deslizando la lengua por su barbilla y su boca, saboreando ese sabor violento. Respondió enredando una mano en mi pelo y tirando tan fuerte que me dolió el cuero cabelludo, con la otra mano me apretaba el culo dolorido por debajo de la falda. Sentí algo duro en sus vaqueros presionarse contra mí, esa deliciosa polla esperándome.

Nos detuvimos, sin aliento.

Gotas de sangre brotaban de mis arañazos en su cuello, una imagen satisfactoria, aunque aún me agarraba del pelo con crueldad.

Con la respiración agitada, sentí el calor que irradiaba su cuerpo mientras me bajaba despacio hasta ponerme de pie, pero sin permitir que se creara ni la más mínima distancia entre nosotros. Levantó la mano y se limpió el labio ensangrentado con el dorso. Miró la mancha roja con una sonrisita.

—Me has hecho sangrar —dijo.

—Y tú a mí no.

Levantó las cejas.

—¿Eso es un problema?

Me encogí de hombros, intentando mostrar indiferencia a pesar de estar completamente sin aliento y mareada por el deseo.

—Esperaba más. Joder, cuando me encontraste aquí, pensé que me harías llorar.

Se rio, un sonido peligroso, y negó con la cabeza.

—¿Eso es lo que quieres, Jess?

—Quiero abofetearte —dije, en lugar de decir «sí».

Se inclinó hacia mí.

—¿De verdad? ¿Por qué? —susurró—. ¿Te gusta verme sufrir? Adelante. —Giró ligeramente la mejilla—. Dame una bofetada. Atrévete. A ver qué pasa.

No hizo falta que me lo dijera dos veces.

El sonido de mi mano golpeando su cara fue tan fuerte que no me sorprendería que se hubiera escuchado desde fuera, incluso por encima de la música. Había puesto toda mi fuerza en el golpe, toda mi frustración y confusión por lo mucho que me excitaba, pero él apenas se inmutó.

—Ahora tengo que hacerte llorar, Jessica —dijo.

Salimos juntos del baño, sin aliento y con las manos entrelazadas. Mi lado más paranoico esperaba que hubiera una multitud reunida al otro lado de la puerta, pero solo había un tipo irritado y medio dormido.

—Arriba —susurró Manson, y me condujo por el pasillo, entre la multitud de gente borracha y alegre.

Subimos corriendo las escaleras, la moqueta que cubría los peldaños amortiguaba el ruido de nuestros zapatos. El corazón me latía con fuerza y la euforia mantenía una amplia sonrisa en mi rostro. Arriba, volvió a agarrarme y me besó con pasión, enredando sus manos en mi pelo. Cada vez que nos separábamos, era como si estuviera saliendo a la superficie de una piscina: jadeaba en busca de aire, tenía la visión nublada y notaba el cuerpo ligero.

Al final del pasillo había una puerta que escondía un dormitorio con las luces apagadas. Manson sacó un mechero del bolsillo y, mientras yo me quedaba en el umbral, encendió velas por toda la habitación, llenándola de un resplandor naranja parpadeante.

—Una iluminación muy adecuada —comenté mientras regresaba a mí—. Qué suerte.

Sonrió. A la luz de las velas, su rostro se veía envuelto en sombras extrañas y parecía aún más oscuro y misterioso.

—Tengo cierta debilidad por las velas. La señora Peters dice que la aromaterapia me ayuda con la ansiedad.

Fruncí el ceño.

—Un momento… ¿Esta es…?

—Esta es mi habitación. No nos molestará nadie.

Me llevó unos segundos asimilar lo que había dicho.

No podía ver mucho de la habitación, incluso con las velas encendidas. La cama tenía un cabecero que recordaba a una verja de hierro, imponente y oscuro. Un gran cráneo de toro, pintado de negro y con detalles dorados, me miraba fijamente desde la pared.

—Espera… Espera… Es-esta es… —tartamudeé—. ¿Has dicho que esta es tu habitación?

—Sí… —Miró a su alrededor, como si estuviera volviendo a familiarizarse con la estancia y se encogió de hombros—. Empecé a vivir aquí al cumplir los dieciocho.

Me costaba creerlo. ¿Manson Reed? ¿Viviendo con la familia Peters? ¿Una de las más ricas del pueblo?

—¿Cómo? ¿Por qué?

Empecé a distinguir un poco las cosas que cubrían las estanterías cercanas: vinilos, cristales brillantes y dagas en vitrinas. Cosas bonitas, cosas preciadas.

—La señora Peters es trabajadora social —explicó, algo incómodo—. Era… mi trabajadora social. Mi madre quería mi custodia, pero no tanto como quería que mi padre se quedara con nosotros. —Se aclaró la garganta y su incomodidad se hizo aún más evidente; parecía dolorido—. Siempre había planeado marcharme el día que cumpliera los dieciocho. No estaba dispuesto a quedarme y seguir recibiendo palizas más tiempo del necesario. Acudí a la señora Peters en busca de consejo, pero, en lugar de eso, obtuve un lugar donde quedarme.

No sabía qué responder. ¿Qué podía decir? En el pueblo todo el mundo sabía que el padre de Manson era un desastre, que se marchaba cuando se peleaba con su mujer y luego volvía al cabo de unos meses. Pero, joder, nunca había sabido que era así. O al menos, nunca me había molestado en preguntar. Supuse que todos sus moratones eran del instituto, que los días que no aparecía era porque se saltaba las clases, que la muñequera que llevaba de vez en cuando era por lesiones que se había hecho patinando.

—Eso es... Eso es...

Quería disculparme, pero nada me parecía adecuado. Después de todo lo que había pasado en el instituto, tenía que volver a casa y lidiar con eso. Niñatos egoístas y creídos que lo acosaban solo porque podían. Había estado tan mal... Había sido tan jodidamente cruel...

—Manson, yo... Lo siento muchísimo...

—No quiero hablar de ello —dijo, tajante.

No lo culpaba... Yo tampoco habría querido desenterrar todos los demonios de mi pasado, y menos aún con la persona que causó algunos de ellos.

—Quizá... algún día. Si de verdad quieres saberlo. Solo que... ahora no.

—Algún día —dije, dedicándole una sonrisa, una genuina.

Y lo decía en serio, quería conocerlo más a fondo, quería oírlo hablar. No sabía si eso compensaría haber sido una idiota con él, pero, tal vez, era un comienzo.

Sorpresa y luego una calma suave y gentil se apoderaron de su rostro. Me acarició la clavícula, subió por mi garganta y posó dos dedos debajo de mi barbilla.

—Algún día —repitió—. ¿Eso significa que no te estoy asustando?

—Me asustas. —Me puse de puntillas y esta vez mi beso fue casto, una seguridad en lugar de una exigencia—. Pero me gusta que me asusten.

Sacudió la cabeza con incredulidad, por un momento volvió el chico tímido de siempre.

—Joder, Jess. Te juntabas con la gente equivocada en el instituto, ¿lo sabes? Habrías encajado perfectamente con los frikis.

Resoplé burlona, incrédula.

—A mucha gente le gustan las cosas que dan miedo. A mí solo me gustan un poco… más —respondí encogiéndome de hombros, como si fuera algo perfectamente normal y, desde luego, no algo que acabara de descubrir sobre mí misma.

—Claro, por supuesto, veamos: te gustan las cosas que dan miedo, te gusta el dolor, te excita que te traten como una esclava. —Manson hizo algunos cálculos ficticios en su cabeza mientras yo ponía los ojos en blanco—. Sí, definitivamente suena a rarita.

—Ay, calla. —Le pasé los brazos alrededor del cuello—. Dijiste que me harías llorar, ¿recuerdas? Te estás distrayendo.

—¿Ah, sí? —preguntó riéndose entre dientes—. Lo único que intento decirte es que creo que encajarías con mis amigos. Aunque les tengas miedo… Vi cómo los mirabas.

Un sonido repentino me sobresaltó: un crujido en la parte de atrás de la habitación a oscuras… Un paso… Una exhalación.

Mi cuerpo se tensó. Algo se movía en la oscuridad.

—Manson… Manson, ¿qué…?

Escuché risas, unas risas inquietantemente familiares, y entonces tres rostros anormalmente pálidos aparecieron en la oscuridad.

—¿Nos has echado de menos, Jess? —murmuró Vincent justo cuando me di cuenta de que estaba encerrada en una habitación con tres putos payasos.

Puede que gritara. No estaba muy segura de qué sonido salió de mi boca cuando me tapé los ojos, sacudiendo la cabeza, decidida a imaginar que no estaban allí de verdad. Esas caras horribles y espeluznantes, esas amplias sonrisas, esos ojos cadavéricos pintados de negro.

Manson me bajó las manos y me agarró las muñecas.

—Eso no está bien, Jess —dijo con dulzura—. No podía dejar que se perdieran la diversión.

—Es lo justo —gruñó Lucas, lamiéndose el labio inferior, despacio—. Todos esos días del último año en los que te pavoneabas con tu culo de presumida, actuando como si no quisieras tener nada que ver con nosotros, pero nunca podías dejarnos en paz, ¿verdad?

—Siempre te reías cuando el gilipollas de tu ex iba a por nosotros —murmuró Jason—. Es un cambio de rol bonito verte a ti asustada.

Contuve la respiración en un intento de aguantar las lágrimas.

Sus siluetas permanecieron en la oscuridad, observándome, sonriéndose entre ellos. Payasos espantosos, monstruos... Monstruos que yo conocía, monstruos que yo había ayudado a crear.

Me temblaban las manos y me latía con fuerza el corazón. Me aferré a la camisa de Manson, intentando hacer compatible la repulsión que sentía mi cerebro al ver a los payasos con la realidad lógica de que solo eran hombres bajo ese maquillaje. Hombres que conocía. Hombres que deseaba.

—¿Quieres irte? —me susurró Manson con ternura en el oído—. ¿O quieres enfrentarte a tu miedo y ser una buena chica para mí?

Me obligué a calmar mi respiración. Levanté la cabeza despacio y los miré. Su aspecto solo empeoraba con la oscuridad de la habitación: la luz titilante de las velas hacía que sus rasgos cambiaran y se transformaran con cada parpadeo. Lucas estaba agachado en el suelo, con los ojos clavados en mí. Detrás de él, Vincent hacía girar algo alrededor de su dedo, algo metálico que reflejaba la luz de las velas y brillaba.

¿Esposas?

«A Vincent le gusta atar a la gente».

La adrenalina que me había inundado al verlos comenzó a calmarse. Con el terror desapareciendo, llegó una euforia extraña, un placer envuelto en incomodidad. Despacio, volví la mirada hacia Manson.

—Eres un puto demonio, Manson —maldije en voz baja; luego, aún más bajo, añadí—: Me gusta.

Sonrió orgulloso.

—Querías bailar con el diablo, Jess. Pues ahora tienes cuatro.

—Me dio un beso en la frente y dijo —: Si tienes alguna duda, si es demasiado, todos conocen tu palabra de seguridad. Jamás dejaría que te tocara alguien que no la respetara. ¿Entendido?

Asentí.

—Entendido.

—Entonces sé un buen ángel: arrástrate hasta ellos y ofréceles tu boca.

Dio un paso atrás y, sin la barrera de su cuerpo entre los payasos y yo, sentí como si los estuviera mirando desde un túnel largo y estrecho. Me arrodillé y arrastré una mano delante de la otra mientras avanzaba despacio hacia ellos, dividida entre no querer apartar la mirada y el deseo desesperado de mirar hacia otro lado.

«Solo son humanos, solo son humanos».

Se alzaban imponentes sobre mí. Me obligué a levantar la cabeza y mirarlos a los ojos mientras me observaban desde los agujeros negros que se habían pintado en la cara. Me temblaron los brazos cuando los extendí frente a mí, con las muñecas juntas, como una ofrenda.

—Más vale que me las pongas —dije con voz tensa, mirando las esposas que Vincent sostenía.

El impulso de luchar y huir era fuerte, me hacía temblar. Obligarme a someterme, ignorando el instinto que me impulsaba a correr o a empezar a dar puñetazos, llenaba mi cuerpo de tal torrente de sustancias químicas que parecía un subidón producto de las drogas.

—Qué buena chica —dijo Vincent mientras me esposaba, el frío metal me provocó un escalofrío en los brazos.

Una vez que estuvieron bien puestas, levantó la pequeña llave plateada frente a mi cara y, con una sonrisa sádica, la frotó entre sus manos. Fruncí el ceño, confundida, pero cuando separó las manos, la llave había desaparecido. Se había esfumado.

—Ahora eres nuestra, Jess —dijo Jason, rodeándome.

Miré hacia atrás y vi a Manson recostado sobre el baúl al pie de su cama, apoyado hacia atrás, con los codos sobre el colchón.

—Si tienes la boca llena, da tres golpecitos en sus piernas y pararán de inmediato —dijo, los dientes le brillaban en la oscuridad.

Lucas me agarró la cara, obligándome a mirar hacia ellos.

—Así estás aún más guapa —dijo con la voz ronca, intentando hablar en voz baja.

Me giró la cara de un lado a otro y entonces sentí unas manos en mi pelo, acariciándomelo... Unas manos que me tocaban la espalda..., el cuello.

Me habían reducido a una muñequita indefensa, esposada y obediente, asustada pero lista para ser utilizada.

—¿Qué solíamos decirte, Jess? Si te metes con uno de nosotros, te metes con todos. —La voz de Manson retumbó con entusiasmo detrás de mí, su excitación haciéndola aún más grave—. Y si quieres follarte a uno de nosotros, nos follas a todos.

Recordaba que me lo decían, pero probablemente me reí de ellos y les hice algún gesto obsceno. Estaba tan contenta con mi popularidad, con mi estatus, que cualquier deseo que hubiera sentido por ellos lo habría enterrado enseguida. Las chicas populares no salían con bichos raros, a menos que quisieran jugar con ellos. Cuanto más jugaba con ellos, más jugaba con Manson, más tiempo les robaba. Había sido un ciclo enfermizo y retorcido. Las consecuencias no iban a tardar mucho en llegar.

Lucas me dio una patadita en las rodillas con sus Converse, separándomelas, y Jason se inclinó a mi lado, con sus brillantes ojos azules inquietantemente cerca de mi cara. Despacio, me levantó la falda antes de mirar a su alrededor con una exagerada expresión de sorpresa.

—Qué angelito más travieso. ¿No llevas bragas?

—El miedo pone cachondo al angelito —comentó Manson—. Tengo la teoría de que cuanto más grita y se resiste, más se excita.

Me estremecí, esas palabras aterradoras tuvieron exactamente el efecto que él esperaba: me palpitaba el clítoris, mi interior latía y se contraía por el deseo de que me penetraran.

Una mano me agarró por el cuello y la cara de Vincent se acercó a la mía mientras inhalaba con fuerza a lo largo de mi cabello, riéndose en mi oído. Me rozó la mejilla con sus labios pintados de negro y luego bajó por mi cuello, provocándome escalofríos en la piel. Jason se colocó delante de mí y Lucas se apartó, fuera de mi vista. De alguna manera, no poder verlo era incluso peor que tener que mirar su espeluznante cara de payaso.

Jason se desabrochó la cremallera delantera de su mono negro, dejando al descubierto su pecho, hasta llegar a su polla gruesa y dura. Unos tatuajes coloridos y atrevidos lo cubrían como un lienzo. Se agarró el miembro con sus dedos llenos de anillos y se lo acarició despacio, me quedé hipnotizada por la imagen.

Este era el chico del que solía burlarme por su complexión delgada y su timidez, el chico de manos delicadas que acabó cubriéndolas de metal para poder defenderse.

—¿Puedo...? —Me temblaba la voz, me resultaba casi imposible articular las palabras—. ¿Puedo probar..., por favor?

Los tres se echaron a reír de nuevo, una risa que parecía resonar a mi alrededor en la oscuridad. Vincent me sujetó la cara con las manos y me presionó la mandíbula con los dedos, inclinándome la cabeza hacia atrás y manteniéndome en esa posición.

—Abre la boca —me susurró Vincent al oído, mientras otra mano me agarraba del pelo; por el rabillo del ojo, vi a Lucas inclinándose hacia mí.

—Ábrela bien —dijo, riendo.

Obedecí, con la boca salivando por probar aquel falo aterrador y grueso. Jason entró en mi boca, deslizándose sobre mi lengua y llenándome la garganta poco a poco mientras yo, obedientemente, mantenía la boca abierta.

—Hazle sentir bien —ordenó Manson, y yo cerré los labios alrededor del pene de Jason, chupándolo con delicadeza y enrollando la lengua alrededor de la punta.

Jason gimió y empezó a mover las caderas, golpeando la parte posterior de mi garganta. Vincent me agarró la cara con más fuerza, manteniéndome quieta mientras Jason usaba mi boca.

—Míralo, ángel —susurró Vincent.

Hice todo lo posible por obedecer, con los ojos muy abiertos mientras miraba a Jason, que mostraba los dientes con ferocidad mientras su respiración comenzaba a entrecortarse por el placer.

De repente, Lucas me soltó el pelo y se colocó a su lado, desabrochándose el traje y apartándose los calzoncillos negros. Mis ojos se abrieron de par en par al verlo: tenía un *piercing* en el pene, una barra plateada curva que atravesaba la parte inferior del glande. Nunca había visto algo así, ni siquiera había pensado que fuera posible y apenas podía imaginar cómo sería tener eso dentro de mi garganta.

Jason enredó una mano en mi pelo y me folló con tanta fuerza que se me llenaron los ojos de lágrimas. La excitación se apoderó de mí mientras su polla palpitaba y las manos de Vincent se alejaron de mi cara para arañarme la espalda, dejando a su paso marcas dolorosas con las uñas. Llegó a mis caderas, me agarró con fuerza y apretó la carne hasta que me dolió y gemí. El sonido llevó a Jason al límite, que se introdujo hasta el fondo de mi garganta, maldiciendo mientras se corría, llenándome la boca de su semen.

—Buena chica, Jess.

Escuché a Manson levantarse de la cama y acercarse a mí, con sus botas golpeando el suelo, y un escalofrío me recorrió la espalda al sentir cómo me acariciaba un lado del cuello. No estaba segura de cómo sabía que era Manson, simplemente lo sabía.

Jason dio un paso atrás, recuperándose, y Lucas no perdió tiempo en ocupar su lugar. Fue brusco desde el principio, presionando con fuerza y hasta el fondo. Las dos bolas lisas de su *piercing* hacían presión contra mi lengua y, cuando llegó a la parte posterior de mi garganta, me entraron arcadas, ya que no estaba acostumbrada a la sensación del metal.

—Tranquila, ángel —dijo Vincent, y sus manos se deslizaron por mis caderas y bajaron y bajaron entre mis piernas mientras acariciaba mis muslos y me provocaba escalofríos en la espalda—. Lucas no es muy educado, ¿verdad?

—Lucas debería tener más cuidado.

La voz de Manson era una orden, al igual que el agarre que ejerció sobre el brazo de Lucas mientras lo rodeaba. Este gruñó furioso, pero aflojó la presión en la parte posterior de mi garganta, moviéndose más despacio, dándome tiempo para acostumbrarme a su tamaño y a la novedad del metal.

Intenté mantener la mirada clavada en Manson, cuya presencia calmaba mis nervios y fortalecía mi determinación, esa que me hacía participar sin inhibiciones, sumergirme en este mundo oscuro y retorcido de éxtasis y miedo. El placer en el rostro de Manson era evidente: la forma en que se mordió el labio cuando me relajé lo suficiente como para dejar que Lucas me penetrara la garganta hasta el fondo, cuando este soltó un gemido ahogado, apenas contenido.

Manson maldijo en voz baja.

—Joder, qué guapa estás, Jess.

La mano de Vincent se deslizó bajo mi falda, acariciándome el clítoris, y casi convulsioné por la estimulación. Gemí, pasando la lengua por la punta del pene de Lucas con obediencia, saboreando el sabor de la piel y el metal. Los dedos de Vincent se deslizaron más abajo y se introdujeron en mi interior.

—Oh, qué mojada estás, angelito —murmuró.

Movió los dedos dentro de mí y, cuando los retiró, estaban cubiertos de mi excitación. Observó cómo unos hilos brillantes se extendían entre sus dedos separados antes de lamerlos hasta dejarlos limpios. Luego volvió a tocarme, dibujando círculos en mi clítoris a un ritmo lento y firme, hasta que mis piernas dobladas empezaron a temblar.

—Haz que se corra, Jess —ordenó Manson, desapareciendo de mi campo de visión otra vez, rodeando la escena.

Ansiosa por obedecer, moví la cabeza para acoger a Lucas más hondo, más rápido. El cuerpo de Lucas se tensó, sus movimientos se volvieron bruscos. Mi entusiasmo renovado lo hizo gemir.

—Qué putita más buena —gruñó.

Su mano entró en contacto con mi cara, fue un cosquilleo suave, y sonreí con todo el entusiasmo que pude con la boca llenísima. Volvió a darme una bofetada, más fuerte, pero sin perder el control para asegurarse de que no le mordiera sin querer.

La estimulación de Vincent sobre mi clítoris me hizo temblar, tensar los músculos y llevarme al borde del orgasmo.

—No puede correrse —ordenó Manson.

Vincent ralentizó sus caricias hasta que no fueron más que una provocación y yo casi grité de frustración.

Habría gritado, si Lucas no hubiera tomado aire de repente, temblando al correrse y llenándome la boca.

Me lo tragué, jadeando, con la cabeza en blanco, mientras por fin tenía un momento para respirar con normalidad. Todos los nervios de mi cuerpo estaban en llamas, sensibles al más mínimo roce, y la euforia de mis hormonas desbordadas era surrealista. Todo mi mundo era esa habitación oscura, esos tres payasos riéndose, el sabor de su sexo en mi boca…, y Manson, observándolo todo como un dios diabólico.

Tiré de las esposas durante un segundo, solo para sentir cómo el metal se me clavaba en la piel. Nunca antes me habían atado así, nunca antes había tenido que confiar completamente en otros mientras me permitía quedar indefensa. Ahora solo quedaba complacer a Vincent y, poco a poco, él sacó sus dedos de mí y los llevó a mis labios.

—Sé una buena chica —me instó, y yo chupé sus dedos obedientemente, saboreando mi propio sabor, salado y suave. Le chupé los dedos como si quisiera chuparle la polla, y él se rio mientras lo hacía—. Joder. ¿Cómo podría resistirme a eso?

Lo miré con una sonrisa aturdida mientras se ponía de pie y se inclinaba sobre mí. Los demás observaban en silencio, con el sonido de su respiración entrecortada. Se oyeron pasos detrás de mí y Manson me dio un suave beso en la coronilla.

—¿Estoy haciéndolo bien? —pregunté, con las palabras entrecortadas y saliendo despacio de mi boca mientras lo miraba.

Incluso bajo la luz tenue, me fijé en muchos detalles sobre él: tenía perforaciones en las orejas, pero no llevaba pendientes; tenía la nariz torcida, como si se la hubieran roto antes, y unas pequeñas cicatrices se dejaban ver alrededor de los labios y los pómulos. Era atractivo, casi guapo. Tenía los ojos hundidos y oscuros, pero sus rasgos eran suaves, endurecidos solo por la tensión de su mandíbula.

—Muy bien, ángel. Tan bien que tengo una sorpresa para ti.

La emoción floreció en mí.

Entonces se oyó un clic y algo brilló a la luz del fuego. Algo metálico, en la mano de Manson.

—Antes me has preguntado por esto —comentó, haciendo girar el cuchillo en su mano para que cada movimiento captara la luz y brillara como el sol—. Me preguntaste si todavía lo llevaba. Lo llevo. Es el mismo, el que utilicé para asustar a tu ex. Lo llevo conmigo a todas partes y siempre lo tengo afilado.

Sentí un escalofrío en el pecho mientras observaba el cuchillo. La emoción de aquel peligro tan cercano me hizo querer reír y llorar a la vez.

Las llamas de las velas se reflejaban en los ojos de Manson, eran como un fuego infernal que ardía en su mirada. Me di cuenta de que se había quitado la lentilla blanca, pero no por eso me intimidaba menos. Aunque el corazón hubiera empezado a latirme con fuerza contra el pecho, no podía apartar la mirada.

—Esto es una navaja mariposa.

Se oyó otro clic, un destello, y la hoja desapareció, plegándose hacia el mango curvo que sostenía en la mano. Entonces, con la misma rapidez, tras un clic y un destello, volvió a salir, girando entre sus dedos como por arte de magia.

—Hace falta mucha práctica para manejarla correctamente... y muchos cortes en los dedos.

La imagen de la hoja era hipnotizante. Estaba fascinada, incapaz de apartar la mirada, era como si estuviera contemplando una reliquia sagrada.

Serio, Manson me tocó el rostro con delicadeza, atrayendo mi atención hacia sus ojos.

—¿Quieres jugar, ángel? —preguntó en voz baja, mientras movía ligeramente el cuchillo—. ¿Con esto?

Por un momento, se me olvidó respirar.

—Sí... Sí, por favor... —asentí con entusiasmo.

—¿Confías en mí?

La hoja brilló. El corazón me latía con fuerza.

—Sí. —Tragué saliva—. Confío en ti, amo.

Acercó la navaja a mí. Me rozó la mejilla y yo solté un grito ahogado al sentir su frío contacto. Bajó despacio, rozándome la piel, hasta posarse sobre la suave y tierna carne justo debajo de mi oreja.

—No te haré daño, ángel —prometió—. Solo quiero recordarte quién manda aquí, para que sigas siendo una chica muy buena.

Miré a Vincent, que asintió sabiamente ante las palabras de Manson.

—Sé una buena chica para papi Manson, Jess —dijo con tono burlón—. Estoy seguro de que ya te ha enseñado lo que les pasa a las chicas malas, ¿verdad?

Me dolía el culo. El recuerdo del castigo de Manson no se me borraría de la cabeza en mucho tiempo.

—Me gustaría mucho enseñarte lo que les pasa a las chicas buenas —murmuró Manson con una dulzura excesiva para un hombre que empuñaba un cuchillo—. Así que quiero que hagas sentir muy bien a Vince, ¿vale? Entonces podré recompensarte. ¿Lo entiendes?

—Sí —respondí enseguida, resistiendo el impulso de asentir con entusiasmo.

Ese cuchillo debería haberme aterrorizado, debería haberme hecho gritar. Pero no había mentido: confiaba en Manson, confiaba en que no me haría daño, no de una forma que no me gustara.

Nunca pensé que podría experimentar tanto placer solo con palabras, tanto éxtasis a raíz del miedo. Miré a Vincent, el chico al que Kyle solía chantajear para conseguir anfetaminas y que se pasaba todos los días de instituto colocado porque, de lo contrario, su ansiedad no le permitía funcionar. Ahora parecía sobrio y tranquilo, pero seguía teniendo esa sonrisa de bufón.

—Por favor... Por favor, úsame... —supliqué en voz baja, con el cuchillo contra mi garganta.

Vincent entró en mi boca, moviéndose despacio, deslizando su miembro por mi lengua, provocándome. Cuando lo miré y vi esa cara de payaso sonriéndome, sentí que el terror me retorcía las entrañas. Pero el miedo solo aumentó mi placer e hizo que notara un cosquilleo de deseo.

Manson se colocó detrás de mí, sosteniendo el cuchillo con ternura mientras Vincent empujaba hacia dentro. Cuando comenzó a moverse, Manson también movió el cuchillo; ya no me tocaba, pero lo mantenía cerca, justo donde podía verlo por el rabillo del ojo.

—Lo estás haciendo muy bien, estoy muy orgulloso, ángel —dijo con suavidad, con voz tranquilizadora—. Estás muy guapa con la boca llena con su polla.

Sus palabras me pusieron cachonda. Me gustaba complacerlo, saber que disfrutaba con lo que veía.

Acaricié la polla de Vincent con la lengua mientras él entraba y salía de mi boca, y luego contraje la garganta con movimientos rítmicos alrededor de su cabeza.

Vincent cambió de ritmo a su antojo, utilizando mi boca como un juguete y agarrándome del pelo para mantenerse firme. Empujó con lentitud hasta el fondo de mi garganta, gimiendo cuando lo apretaba. Empezó a moverse más rápido, más duro, agarrándome con más firmeza.

Los labios de Manson me rozaron el cuello, provocándome escalofríos. Me dejó besos suaves como plumas mientras la hoja brillaba en la oscuridad, elogiándome por mi resistencia, por mi obediencia. Gemí y Vincent jadeó, con la respiración entrecortada mientras sus movimientos se volvían más bruscos. Cuando se corrió en mi boca, me penetró hasta el fondo; estuve a punto de atragantarme cuando se introdujo en mi garganta. Pero cuando se apartó, conseguí tragármelo todo y sonreí victoriosa.

—Gracias —susurré.

Tenía la barbilla empapada de saliva, incluso había goteado hasta mis pechos y mi sujetador.

Manson me echó la cabeza hacia atrás y me besó con una amplia sonrisa en el rostro. Su boca me consumió por completo, su lengua acarició la mía. Me levantó hasta ponerme de rodillas y, cuando nos separamos, me cubrió de besos la mejilla y el cuello, mordisqueándome con suavidad la piel tierna antes de darme un último beso en la clavícula y apartarse.

—Ahora queremos intimidad, chicos —dijo—. Dejadnos solos.

EL CUCHILLO

Manson me levantó del suelo, acunándome como si fuera un bebé. Me llevó hasta la cama y me tumbó sobre las suaves sábanas negras, frescas contra mi espalda. Se colocó sobre mi cuerpo, con los brazos y las piernas a mi alrededor, como una bestia sobre su presa, y se inclinó para volver a besarme.

Ahora era voraz, apresurado, como si de repente hubiera perdido ese control cuidadoso y paciente. Me echó la cabeza hacia atrás, dejando mi garganta al descubierto, y paseó los labios por mi cuello. Me mordisqueó entre beso y beso, cada vez más fuerte, como si fuera a comerme viva.

Seguía esposada y deseaba con todas mis fuerzas tocarlo, abrazarlo, arañarlo. Quería hacerle sangrar otra vez.

Pero lo único que mis manos pudieron alcanzar fue la entrepierna de sus vaqueros. Estaba empalmado, presionando contra la tela cuando mis dedos lo tocaron. Lo acaricié, esperando que eso lo hiciera desvestirse más rápido. Él respondió frotándose contra mí durante unos instantes y mordiéndome justo en la curva entre el cuello y el hombro, y yo gemí fuerte por el dolor, retorciéndome en la cama debajo de él.

—Manson, por favor... —Apenas podía hablar—. Por favor... quiero...

—Shh, shh, angelito. —Se apartó de mí, aunque parecía que le costaba mucho hacerlo. Se había despeinado y se echó el pelo hacia atrás, respirando hondo—. Obtendrás tu recompensa. —Me recorrió el pecho y el canalillo con los dedos, enganchando un dedo bajo el fino tirante de mi sujetador antes de soltarlo y dejar que golpeara mi piel—. Serás recompensada... despacio... y dolorosamente.

Gruñí con entusiasmo, restregándome contra él.

Se levantó de un salto de la cama y se adentró en las sombras, por lo que apenas pude verlo durante unos segundos. Cuando regresó, tenía la navaja en la mano. La abría y la cerraba con destellos metálicos, como por arte de magia, entre sus dedos ágiles.

Los sonidos de la fiesta en el exterior parecían muy lejanos, como si fueran de otro mundo. La música se oía muy poco a través de las paredes, sonaba *Huggin and Kissin*, de Big Black Delta. La oscuridad que nos rodeaba parecía extenderse hasta el infinito, un vacío en el que todo lo que creía saber se había puesto patas arriba. Estábamos en otro mundo, un mundo en el que el placer y el dolor, el miedo y la emoción eran lo mismo.

No estaba haciendo esto solo por cumplir un reto; incluso mi desesperado deseo de liberarme palidecía en comparación con el simple deseo de complacer. Experimentar lo desconocido, lo aterrador, lo prohibido.

Y, ahora mismo, lo prohibido era una reluciente navaja en la mano de Manson, que se acercaba cada vez más a mí.

Todo mi cuerpo vibraba con los latidos de mi corazón, la adrenalina me inundaba el cerebro.

Manson extendió la mano y me acarició con delicadeza el pelo, por un momento, antes de agarrármelo. El tirón de mi cuero cabelludo me hizo echar la cabeza hacia atrás, lo suficiente para dejar al descubierto mi garganta una vez más, que aún me escocía por sus mordiscos.

—Me encanta lo excitada que estás —comentó—. Te brillan los ojos. Te tiembla todo el cuerpo. Puedo oír cómo se te acelera la respiración. —Se rio entre dientes—. Eso es lo que me gusta ver.

Se inclinó sobre mí. Bajo la luz titilante de las velas, su rostro era una máscara de sombras en movimiento y formas extrañas, un Picasso oscuro.

—Cuando apunté con esta navaja a esos cabrones, se quedaron muy sorprendidos, joder —me contó en voz baja—. No paraban de decir que había intentado matarlos. Ni siquiera intenté hacerles daño, Jess. No me gusta hacer daño a la gente… No… No así.

Presionó la parte plana de la hoja contra mi mejilla. El metal estaba sorprendentemente frío y yo me estremecí, pero no tenía a dónde ir. Su agarre me mantenía inmóvil. La hoja me tentaba, suave y peligrosa. Intentaba respirar con calma, para mantenerme completamente quieta. Ese momento lento y prolongado era como meditar. Estaba tan quieta que podía notar cada sensación de mi cuerpo: el cosquilleo por tener la piel de gallina, el temblor de mis piernas que se negaba a detenerse, el calor y la tensión en la zona baja del vientre y la hinchazón en mi clítoris, que ansiaba ser tocado.

Colocó la rodilla entre mis piernas y las movió, separándolas a la fuerza. Tenía el cuchillo apoyado contra mi mandíbula, pero luego lo bajó hasta presionar la parte plana de la hoja contra mi garganta.

Gimiendo, cerré los ojos con fuerza.

—No, no, no, Jess —dijo con suavidad, apenas por encima de un susurro—. Mírame. Necesito ver tus ojos.

Hizo una pausa cuando volví a abrirlos, estudiando mi expresión con atención antes de sonreír.

—Buena chica. Qué valiente eres.

Presionó la rodilla hacia mí, justo contra mi clítoris sensible e hinchado. Se me escapó un grito ahogado por el contacto y un estremecimiento fuerte me recorrió el cuerpo. Gemí y mis caderas comenzaron a moverse otra vez, frotándome contra él.

—Qué ángel más sucio. Mírate. ¿Tanto lo necesitas? ¿Frotándote contra mí como una cachorrita?

Presionó su rodilla contra mí con más fuerza, de modo que la intensidad de la presión sobre mi clítoris se volvió dolorosa. Pero yo seguía frotándome, gimiendo desde lo más profundo de mi garganta. El miedo añadido de que demasiado movimiento pudiera hacer que el cuchillo me cortara solo lo volvía más excitante.

La aspereza de sus vaqueros contra mi piel sensible hizo que se me llenaran los ojos de lágrimas, pero no me detuve. Incluso en la penumbra, podía ver la humedad que mi excitación dejaba en su rodilla, la tela brillaba.

Se inclinó, con la boca a pocos centímetros de mí, pero fuera de mi alcance. No podía salvar la pequeña distancia que nos separaba con el cuchillo sobre la garganta.

—¿Recuerdas tu palabra de seguridad? —preguntó.

Su voz sonó tensa, ronca. Su autocontrol se tambaleaba ante el esfuerzo que hacía para tomarse su tiempo. Desde la última vez que me lo había preguntado solo habían pasado unos minutos… ¿Segundos? ¿Horas? ¿Una eternidad? Pero ahora comprendía que mi confirmación lo tranquilizaba.

—Sí…, la recuerdo… —Mi respuesta fue suave, mi voz cargada de lujuria.

De repente, ya no tenía el cuchillo presionado contra mi garganta. Me soltó el pelo y me rodeó el cuello con la mano, apretándomelo. La sensación de luchar por respirar me provocó un escalofrío de placer y tiré de las esposas, que se me clavaban en la piel.

Manson apartó la rodilla de mi coño y yo grité frustrada.

—¡No! Tócame, por favor… No… No… —Él sonrió mientras yo forcejeaba, moviendo las caderas, buscando cualquier tipo de contacto—. Por favor, Manson, lo necesito…, por favor…

Jadeé cuando me agarró con más fuerza, apretándome el cuello hasta que, tras un mareo breve, aflojó el agarre y yo luché por coger aire. Sentía un cosquilleo en la piel, tenía todos los nervios encendidos.

Quería sentir su cuerpo apretado contra el mío, lo quería dentro de mí.

Me tenía totalmente a su merced. Me sentía pequeña y patética, tan carente de orgullo que estaba a punto de empezar a rogarle que me follara. Pero las palabras se resistían y encadenarlas en frases coherentes me costaba aún más. El resultado eran gemidos y palabras inconexas, que brotaban de mi boca en un torrente inútil mientras intentaba transmitir lo mucho que necesitaba su contacto.

—Ay, mi pobre Jess —se rio de mí, de mi impotencia—. ¿Qué pasa? ¿Qué quieres?

Gemí aún más fuerte, forcejeando contra su mano, retorciéndome. Si él no me tocaba, entonces me tocaría yo misma. Con desesperación, deslicé las manos esposadas bajo la falda, gimiendo hasta que mis dedos se deslizaron entre los pliegues húmedos de mis labios.

Dios, sí...

El placer recorrió todo mi cuerpo...

—Oh, no, no, no podemos permitir eso.

Se sentó a horcajadas sobre mí y me sacó las manos de entre las piernas. Yo forcejeé contra él todo el tiempo.

—¡Joder, no! Idiota, puto idiota, no...

Me sorprendió tanto que me quedé en silencio cuando se sacó una pequeña llave del bolsillo y me dejó libre una de las muñecas, pero mi sorpresa se convirtió en horror cuando, en lugar de liberarme, utilizó las esposas para sujetarme el brazo al cabecero de la cama.

—¡No, no, no, Manson, por favor, por favor, por favor!

Me sujetó una muñeca y luego la otra, sacando otro par de esposas de la mesita de noche. Tenía los brazos estirados, lo que me impedía tocarme. Solo quería tocarlo, tocarme, ¡cualquier cosa! Era una auténtica tortura no poder hacerlo. Mi frustración llena de lujuria era una alarma vibrante y estridente en mi pecho. No podía soportar las provocaciones, la espera, el tormento, ¡no podía!

—Te dije que te haría llorar —dijo Manson, recostándose para mirarme mientras sacudía la cabeza—. Los angelitos tienen que aprender a no tocarse sin permiso, ¿no? —Me volvió a separar las piernas y me dio una palmada en los muslos, dejando la marca rojiza de su mano—. Nunca imaginé que te oiría suplicarme. ¿Tienes idea de lo dulce que es ese sonido?

Sus dedos juguetearon con las marcas rojas que había dejado en mi piel. Me miró con la intensidad de alguien que intenta memorizar cada detalle, como si solo con sus ojos pudiera grabar para siempre en su cabeza la imagen de mí allí tumbada.

—Jessica Martin suplica al monstruo…, pero supongo que, en cierto modo, siempre has estado suplicando, ¿no es así? —Se inclinó hacia mí, muy cerca, con los ojos ardientes y una sonrisa burlona—. Suplicabas mi atención de la única forma que sabías hacerlo: siendo una zorra abusona.

—Por favor, Manson, por favor, lo siento, por favor solo… solo…

Se me escapó un sollozo, aunque las lágrimas aún no habían caído, e impulsé las caderas hacia arriba con exigencia.

Tenía razón. Tenía tanta razón que me aterrorizaba.

Mi mente se inundó de imágenes de sus dedos penetrándome, estirándome; de su boca cerrándose sobre mí, lamiéndome, con la lengua explorando mi interior. Estaba a punto de perder la cabeza.

Junto a mis fantasías, afloraban recuerdos de cómo me enfrentaba a él, cómo le daba la espalda, propagaba rumores y le sonreía con crueldad mientras lo llamaba perdedor a la cara.

Quería gritar, llorar, suplicar, cualquier cosa para convencerlo de que me diera el placer que tanto ansiaba. Pero estaba atada y, aunque tirar de las esposas aliviaba un poco la tensión, no servía para nada a la hora de convencerlo de que me diera lo que quería.

—Chica traviesa —dijo—. Estás muy mona cuando intentas escapar. Qué masoquista eres.

Bajó la mirada hacia mi coño, que empapaba las sábanas debajo de mí; era un desastre hinchado y necesitado. Luego, con un brillo malicioso en los ojos, se acercó a la mesita de noche y cogió una de las velas.

—¿Ves toda esta cera caliente y bonita? —Inclinó ligeramente la vela, de modo que la cera acumulada en su interior brilló y se movió—. Voy a agarrarte las piernas, a mantenerte abierta y a dejar que esto gotee directamente sobre tu clítoris, ya que tienes tantas ganas de tocarlo. —Me estremecí y gemí ante la idea. Él sonrió con compasión—. No te culpo. Sé que es muy difícil portarse bien cuando lo deseas tanto, pero tienes que aprender a ser una buena chica.

—Sí, amo —sollocé, apretando los puños mientras me preparaba para el dolor abrasador.

—Eso está bien, aceptas tu castigo con mucha dulzura.

Me tocó la cara con delicadeza y yo me incliné hacia su tacto. Pero la delicadeza no duró mucho. Apartó la mano de mi cara y la deslizó por mi pecho y mi vientre, dejando un rastro de escalofríos a su paso. Me subió un poco la falda y la metió por la cinturilla. Sus ojos oscuros se clavaron en los míos mientras sus dedos bajaban, cada vez más abajo, hasta llegar a posarse entre mis labios. Me acarició el clítoris ligeramente, apenas tocándolo, fue un roce tan suave que me entraron ganas de gritar.

—Por favor, amo, por favor... —gemí, jadeando.

Él ignoró mis súplicas y separó los dedos, dejándome al descubierto. Acercó la vela y sonrió cuando mi expresión pasó de la frustración al terror.

—¡Joder! Por favor... Por favor... Joder...

Tomé aire, sin saber cuánto dolor esperar, pero preparando todo mi cuerpo para ello.

—Estás monísima cuando tienes miedo —murmuró—. Intenta no gritar demasiado fuerte, ángel. Aunque, de todos modos, no creo que nadie te oiga.

Inclinó la vela y cayeron dos gotitas de cera. Se pegaron a mi piel y, por un momento, fue como fuego: una fracción de segundo de quemazón, aterradora, suficiente para hacerme gritar. Luego desapareció y solo quedaron las gotas de cera que se endurecieron a toda velocidad, negras contra mi piel.

Manson volvió a inclinar la vela y cayeron más gotas.

Gemí, apretando los dientes. Estaba tan tensa que, cuando sentí el ardor, tuve que hacer un esfuerzo enorme para no gritar. Tras unos instantes de tortura lenta y metódica, Manson apartó la vela y frotó sus dedos sobre mi clítoris. Esta vez su tacto fue más brusco y la cera se deslizó por mi piel mientras me acariciaba con movimientos circulares. El placer me invadió, tan intenso que intenté apretar las piernas, pero él me dio otra palmada en los muslos.

—No intentes escapar, Jess —me regañó—. Acepta tu castigo como una buena chica.

Temblaba mientras me obligaba a mantener las piernas abiertas. Manson sostuvo la vela sobre mi muslo y dejó caer la cera caliente sobre mi piel enrojecida. Gemí con cada gota de cera que pintaba mi cuerpo de salpicaduras. Por fin, dejó a un lado la vela y observó su obra como un artista que examina un lienzo. Sus dedos recorrieron la parte interna de mis muslos y se me cortó la respiración.

—Recuerda esto de ahora en adelante: nada de tocar sin mi permiso.

—Lo recordaré, amo —dije y luego contuve la respiración mientras él volvía a abrirme, utilizando su dedo corazón para acariciarme, centrándose en mi clítoris—. ¿Cómo estás, ángel? ¿Quieres que vaya más rápido? ¿Lo quieres más duro?

—¡Sí, por favor! —jadeé.

Aumentó la velocidad y mi placer se convirtió en un nudo en mi interior, cada vez más apretado, cada vez más grande. Cerré los ojos con fuerza, dejándome sumergir en el éxtasis, dejando que me consumiera. Me correría si seguía así solo un minuto más… Solo unos segundos más…

Me retorcí contra su mano, gimiendo con desesperación.

Estaba muy cerca… Demasiado cerca…

—Aún no.

Apartó la mano y grité con furia.

—¡Qué te jodan! No, Manson, ¡por favor!

Me retorcí contra las esposas y un gruñido completamente inhumano salió de mi pecho. La mano de Manson se movió con rapidez, agarrándome con brusquedad de la barbilla mientras le gruñía.

—Qué niñata más malcriada. No deberías insultarme, Jess. —Sacudió la cabeza—. No deberías haber hecho eso. Ha estado muy mal. ¿Sabes qué les pasa a las chicas malas?

Mi temperamento seguía siendo fuerte. Quería morderle la mano, pero no podía zafarme de su agarre.

—¡Deja de burlarte de mí! —gruñí, ignorando su pregunta—. ¡Por favor! Solo quiero correrme, joder, ¡por favor!

—Parece que tienes la impresión de que te lo mereces, como si no fuera algo que podría negarte en cualquier momento si sigues portándote mal. —Sonrió burlón—. Las chicas malas reciben azotes, Jess.

Me quedé blanca.

Ya me había azotado y el dolor había sido tan intenso que no tenía muchas ganas de volver a experimentarlo. Quizá una pequeña parte masoquista de mí sí lo deseaba, pero era una parte que estaba intentando ignorar con todas mis fuerzas.

—Lo siento —me disculpé, tensa. Luego, un poco más arrepentida, añadí—: Lo siento, amo. Es que… no se me da bien esperar.

—Ya lo sé —dijo—. Y no lo sientes, todavía no. Pero lo sentirás.

Nunca hubiera imaginado que podría estar tan excitada durante tanto tiempo. ¿Acaso podía recordar cómo era no estar cachonda? ¿No tener todo mi cuerpo tan al límite que el más mínimo roce parecía estimularme por completo?

Manson cambió de posición y presionó una rodilla sobre mi muslo para mantenerlo abierto, luego usó su mano izquierda para ejercer presión contra mi otra pierna; ya no tenía opción de intentar cerrarlas.

Se me aceleró la respiración y sentí un estremecimiento en el pecho cuando de repente me di cuenta de que no se refería a darme azotes en el culo.

Iba a azotarme el coño.

Lo miré con los ojos muy abiertos.

—Yo… no creo que pueda soportarlo…

—Sí supone un límite para ti, no lo haré —dijo con firmeza.

Por un momento, desapareció la neblina de placer que me nublaba el juicio y pude ver con claridad la realidad: no estaba a su merced. Podía hacer que parara. Una sola palabra bastaría para poner fin a todo.

Le di vueltas durante un momento mientras él esperaba mi respuesta. Por muy asustada que estuviera, quería intentarlo. Quería experimentar cada uno de esos segundos aterradores. Quería ver hasta dónde podía llevarme mi deseo por el dolor. El solo hecho de saber lo que él pretendía hacer me provocó una nueva oleada de excitación.

Respiré hondo.

—Hazlo —acepté—. Recuerdo mi palabra de seguridad. La diré si lo necesito.

Con los dedos bajo mi barbilla, atrapó mi mirada en la suya.

—Puedes cambiar de opinión si es demasiado. Ya sea ahora, dentro de cinco minutos o dentro de diez. ¿Entendido?

Asentí.

El hecho de que le hubiera concedido ese poder por voluntad propia solo sirvió para aumentar mi humillación y hacer más intensa la dulzura de mi éxtasis. Le estaba entregando la venganza en bandeja de plata, acompañada de un «por favor» y un «gracias».

En el momento en que su mano entró en contacto con mi piel, un dolor punzante me recorrió todo el cuerpo. Se adentró en mi interior, palpitando, e intenté cerrar las piernas, en vano.

Mi grito terminó en un jadeo desesperado por respirar.

—Mierda… Ahhh… Amo, por favor…

Otra palmada, y luego otra. El dolor me dejó mareada, embriagada por la sensación. Mi cuerpo hormigueaba, electrificado, tenía los músculos en tensión y temblando, esperando el siguiente azote. Me dolía el clítoris. Aunque por mucho que me doliera, también me daba placer. El placer y el dolor se entremezclaban en un potente cóctel que me recorría las venas y me subía directo a la cabeza.

Manson era despiadado, solo dejaba unos segundos entre cada azote para que pudiera recuperar el aliento, para que pudiera gritar otra vez con el siguiente.

Solo podía pensar en si los asistentes a la fiesta, abajo, sabían lo que estaba pasando. Si supieran que aquí arriba la chica con alas de ángel se estaba convirtiendo en una auténtica zorra, gimiendo y suplicando que le hicieran más y más daño.

—¡Por favor, amo! —supliqué entre sollozos, con las lágrimas resbalando por mi rostro.

No sabía cuándo había empezado a llorar. No eran solo lágrimas de dolor, eran liberadoras, refrescantes. Llorar me hacía sentir bien. Me sentía bien por soportar el dolor, sabiendo que era por voluntad propia. Podía llorar, suplicar y luchar. Podía experimentarlo tal y como lo necesitara.

Pero me faltaba el aire. El dolor era intenso. En lugar de volver a azotarme, Manson extendió la mano, aún caliente por haberme golpeado y me acarició la mejilla, secándome las lágrimas.

—¿Sigues estando bien, Jess? —preguntó.

Me tomé un momento para sollozar antes de recomponerme.

—Estoy bien... Estoy... Joder... Necesito... Quiero...

—Ya te he castigado lo suficiente. —Su rostro estaba muy cerca y, con delicadeza, con mucha delicadeza, sus labios rozaron los míos—. ¿Te mereces correrte ahora? ¿Eh? ¿Crees que te lo mereces?

Si me lo hubiera preguntado antes, habría gritado que sí. ¡Por supuesto que me lo merecía! ¡Me lo merecía, lo quería, lo necesitaba!

Pero ahora...

—Solo si tú crees que me lo merezco —susurré—. Soy... soy tu esclava, ¿verdad? Hago lo que tú me digas, así que... —Lo miré a los ojos, con los míos llenos de lágrimas, riéndome un poco por las sensaciones tan intensas y abrumadoras que sentía—. Solo si tú quieres que me corra.

Sus ojos se abrieron de par en par, con evidente sorpresa.

Esperé, temblando, buscando su misericordia con desesperación.

No tuve que esperar mucho.

—Buena chica. Qué chica más buena.

Se echó un poco hacia atrás, agarrándome las piernas mientras se colocaba entre ellas. Me besó los muslos salpicados de cera, deteniéndose en los lugares donde notaba que se me aceleraba la respiración. Cuando permaneció allí, con los labios a pocos centímetros de mi coño, me miró y sonrió.

—Di por favor.

No tenía que pedírmelo dos veces.

—Por favor, amo, por favor me...

Empezó despacio, pero aun así me cortó las palabras con la misma eficacia que un azote.

Al principio solo fue su aliento: una exhalación sobre mi piel húmeda y sensible. Luego, deslizó la punta de la lengua sobre mi clítoris. Contuve el aliento cuando movió la lengua de un lado a otro sobre el botón hinchado, despacio. Cada movimiento hacía que mi cuerpo se estremeciera, el placer era tan intenso y repentino que casi resultaba doloroso.

Jadeé, gimiendo mientras lo observaba.

Volvió a mirarme y luego cerró la boca sobre mí por completo. El calor me envolvió, lamió mi excitación, exploró mi agujero, jugó alrededor de mi entrada, acarició cada parte de mí mientras yo me retorcía, impotente.

Me miraba mientras me complacía y sonreía al ver cómo mi rostro se contraía por el placer. Apreté las piernas alrededor de su cabeza, temblando mientras su lengua giraba sobre mi clítoris y sus dedos se clavaban en mis caderas. Chupaba y lamía una y otra vez, llevándome al límite hasta que me encontraba a punto de alcanzar el orgasmo con el que había estado provocándome durante horas.

—Eso va a hacer que me corra, amo —avisé, temblorosa—. P-por favor, por favor, deja que me corra...

Tenía miedo de que se detuviera, temía que volviera a negarse, pero en lugar de hacer eso deslizó dos dedos en mi interior, acariciándome las paredes internas mientras me succionaba el clítoris. No solo me llevó al límite, sino que me provocó sin piedad, haciéndome gritar de placer hasta llegar al orgasmo. Me temblaba todo el cuerpo y las esposas hacían ruido contra el cabecero de la cama. Cada vez que introducía sus dedos en mi interior prolongaba el orgasmo, hasta que apenas podía respirar, hasta que se me pusieron los ojos en blanco.

Levantó la cabeza, con la barbilla húmeda y los ojos brillantes. Yo yacía exhausta contra las almohadas, jadeando, con la mirada perdida.

—Yo… Dios mío… —Tomé aire como si me estuviera ahogando—. Manson… Eso ha sido…

—Oh, aún no he terminado, ángel.

Volvió a agarrar el cuchillo. Lo vi captar la luz de la vela y destellar. Lo acercó a mí, entre mis piernas abiertas. La punta afilada se acercó, se acercó… Y contuve la respiración cuando la deslizó con cuidado por mi monte de Venus depilado hasta que me tocó el clítoris: el metal frío e implacable contra piel cálida y sobreestimulada.

Empecé a gemir, observando con miedo cómo acariciaba con la parte plana de la hoja mi piel sensible, que palpitaba tras el orgasmo. Aquello me gustaba… Me gustaba mucho… Aunque solo fuera una estimulación mínima. La textura suave y fría del metal hacía que me retorciera, con los nervios a flor de piel después de haber alcanzado tal clímax.

—Manson, por favor… —Mi voz era un gemido, cargada de lujuria.

Él puso una expresión burlona y compasiva.

—Ay, ¿no es suficiente para el angelito? ¿Necesitas un poco más? ¿Necesitas algo que te llene? Parecía que te gustaba mucho tener mis dedos dentro de ti.

Le dio la vuelta al cuchillo de modo que la hoja apuntaba hacia él y el mango seguía extendido. Con cuidado, con el filo del cuchillo

107

escondido en la curva de su mano, empezó a tantear mi entrada con el mango. Era algo duro, pero cálido por el contacto con su piel. Los bordes redondeados y lisos rozaban mi piel húmeda e hinchada.

—Vas a correrte en este cuchillo, Jess —me informó—. Y yo te mantendré abierta, bien quieta, para que no te hagas daño.

Estaba gimiendo incluso antes de que me penetrara con él. Presionó el mango hacia dentro, el objeto extraño me estiró las paredes y me hizo temblar a su alrededor. Incliné la cabeza hacia atrás, cerré los ojos con fuerza y mi excitación chorreó con un entusiasmo renovado. Hasta el más mínimo movimiento me hacía sentir bien, la descarga de endorfinas que me provocaba el orgasmo fluía con fuerza por mi sangre.

Manson se movía despacio mientras me follaba con el mango, cada embestida hacía que mis músculos se tensaran de placer.

—Mírame, Jess. Ahora mismo. No te atrevas a apartar la mirada. Quiero ver todas tus bonitas lágrimas mientras te corres en este cuchillo para mí, ¿queda claro?

Mirarlo a los ojos significaba sentir toda la humillación de la situación en la que me encontraba volviendo a caer sobre mí. El movimiento del cuchillo me hizo jadear, temblar y gemir cada vez más fuerte hasta que, de repente, Manson me tapó la boca con la mano.

—Grita todo lo que quieras —gruñó—. No tienes otra opción.

Mis músculos se tensaron, agarrándose al mango. Se me nubló la vista y los ojos se me pusieron en blanco mientras gritaba sin control, con su mano ahogando el ruido mientras volvía a correrme.

El primer orgasmo había sido una delicia, pero este... Dios, me sentí arrollada por su fuerza.

Mientras el éxtasis me invadía en oleadas aparentemente interminables, Manson siguió metiéndolo y sacándolo, riéndose de cada grito agudo, de cada espasmo frenético y abrumador de mi cuerpo, de la breve pero violenta oleada de excitación que me invadió antes de que pudiera detenerla.

—¿Vas a chorrear para mí? Qué buena chica. Joder, es precioso.

Yacía exhausta y agotada cuando retiró con cuidado el cuchillo y me destapó la boca. Me temblaba el cuerpo y me estremecía por las secuelas del placer, tenía los nervios a flor de piel. Observé en silencio cómo me quitaba las esposas, bajándome los brazos y frotándome los hombros para que la rigidez de mis músculos doloridos desapareciera bajo sus manos.

—¿Estás bien? Háblame.

—Estoy genial... Genial...

Sonreí, agotada.

Me preguntaba a dónde se había ido la Jessica orgullosa, descarada y atrevida, porque lo que quedaba de mí no era ella en absoluto. Lo único que quedaba era mi cuerpo dolorido y lleno de placer, absolutamente enamorado del hombre que tenía delante. Ese maldito bicho raro..., ese perdedor..., ese chico tan extraño..., me había dado los mejores orgasmos de mi vida.

Y ni siquiera había acabado.

Se estaba desabrochando el cinturón, sacándolo de sus vaqueros y tirándolo a un lado. Desabrochó las correas del arnés, se lo quitó y luego continuó quitándose la camiseta. Tenía el pecho suave, esbelto, musculoso y tatuado. Extendí los brazos hacia él, todavía temblando, y lo arañé. Sonrió cuando dejé largas marcas rojas en su piel y sonrió aún más cuando llegué a sus vaqueros, desabroché el botón con impaciencia y luego bajé la cremallera. Tenía la polla dura y tensa contra los calzoncillos. Le acaricié sobre la tela, la notaba tan gruesa... La idea de que me metiera ese monstruo me hizo gemir.

Se inclinó y me besó con intensidad mientras yo seguía acariciándolo.

—Quiero follarte, Jess —dijo con voz ronca, mirándome con ojos ardientes.

—Por favor, hazlo. —No pude decir las palabras lo suficientemente rápido—. Por favor.

Se quitó los pantalones de un tirón y los tiró al suelo de una patada. A continuación, se quitó los calzoncillos, dejando al descubierto la polla que había estado esperando con tanta impaciencia. Me dio la vuelta para dejarme boca abajo y me arañó la espalda hasta que me agarró por las caderas y me puso de rodillas. Me presionó la cara contra el colchón y yo aguanté la posición mientras me apretaba el culo, reavivando el escozor de los azotes que me había dado, y me separaba las nalgas.

—Estás muy guapa —murmuró.

Presionó la punta de su polla contra mí, sin la fuerza suficiente para penetrarme, solo para provocarme. Intenté echarme hacia atrás, pero él me agarró con más fuerza y me mantuvo en mi sitio, dándome un azote para tranquilizarme. Me penetró despacio, al principio solo con la punta, lo suficiente para hacerme jadear de deseo antes de apartarse.

—¿Dos orgasmos no te bastan? —se burló—. ¿Crees que necesitas más?

Lo miré, alzando la vista desde el colchón, sonriendo, temblando, lista.

—Quiero todo lo que puedas darme, amo.

Me penetró del todo, con fuerza y hasta el fondo, estirándome tanto que grité. Agarré las sábanas cuando sus embestidas largas y profundas hicieron que me temblaran las piernas. Cambió el ritmo al compás de mis gemidos, perfeccionando su técnica en función de mis reacciones, de mi placer.

Me dio otro azote, lo que me hizo gruñir y a él reír.

—Qué ángel más vicioso.

Metió la mano entre mis piernas y empezó a acariciarme el clítoris. La estimulación estuvo a punto de hacerme perder el equilibrio.

Enterré la cara en las sábanas, amortiguando los gemidos mientras palpitaba alrededor de su polla y otro orgasmo agudo y repentino me sacudía. Estaba mareada, abrumada, jadeando…

—¿Te gusta? —gruñó, dándome la vuelta y dejándome boca arriba. Me rodeó el cuello y apretó, empujándome contra el colchón mientras me follaba—. Me encanta cuando gimes así. Estás tan sensible... —Me presionó el clítoris sobreestimulado con el pulgar, provocándome un gemido fuerte y frenético—. ¿Es demasiado, angelito? ¿Mmm? Qué lástima, ¿verdad? Me encanta ver cómo te corres. De hecho, creo que me gustaría verte chorrear otra vez.

—No pu-puedo... —Jadeé—. Por favor... No puedo... volver a correrme...

—Claro que puedes.

Con una última embestida profunda, se apartó de mí. Pero sustituyó su polla por dos dedos, follándome mientras me acariciaba el clítoris. Curvó los dedos, tocando una parte de mí que me hizo perder el control al instante. Arqueé las caderas, intentando zafarme sin éxito, sollozando por lo mucho que me gustaba.

—Eso es, ángel. No escaparás. Vas a correrte y vas a gritar mientras lo haces.

Tenía razón.

No pude evitarlo.

Busqué un punto de apoyo con las manos, mis uñas se clavaron en el edredón mientras mi cuerpo se tensaba, mis músculos se estremecían y la oleada de excitación me inundaba cuando sus dedos me llevaron al clímax. Las lágrimas me caían por las mejillas, eran lágrimas de placer, de tantas emociones intensas y precipitadas que fui incapaz de contenerme.

Manson se limpió los dedos con la lengua, cerrando los ojos mientras me saboreaba. Luego acercó su rostro al mío y besó mis lágrimas hasta que me eché a reír entre jadeos desesperados.

—Quiero correrme dentro de ti... —murmuró y yo asentí.

—Por favor... Por favor, hazlo...

Me penetró, mi coño lo acogió, y el calor se extendió por todo mi cuerpo al contacto. Apretó el rostro contra mi cuello, besándome, su sudor pegándose a mi piel y sus músculos tensándose cuando se movía contra mí, cada vez más rápido. Enredó las manos en mi pelo, agarrándome con posesividad, y gruñó.

—Joder, Jess... —dijo entre dientes.

Su polla se hinchó cuando se corrió dentro de mí. Me aferré a él mientras jadeaba tras el orgasmo, temblaba y al final se quedó allí tumbado: todavía dentro de mí, caliente y pesado contra mi cuerpo.

Nos tumbamos uno frente al otro en la cama, con los brazos enredados, mirándonos. Encendió las luces, me ayudó a limpiarme y quitó el edredón mojado de su cama para que pudiéramos tumbarnos sobre las sábanas frías.

Me quedé un rato tumbada con los ojos cerrados, disfrutando del placer de después. No dejaba de repasar una y otra vez los acontecimientos de las últimas horas, maravillándome. Había venido a esta fiesta para emborracharme, quizá para enrollarme con algún desconocido atractivo. En cambio, mi mundo había dado un giro de 180°.

La mujer que creía ser había desaparecido.

Manson había roto la máscara, la imagen perfecta de Jessica Martin que había construido para que el mundo la adorara. La Jess que quedaba estaba demasiado agotada para saber quién era ahora.

Abrí los ojos y vi que Manson me observaba. Parecía que tenía sueño y que estaba tranquilo allí desnudo. Me dedicó esa sonrisa ladeada que había visto tantas veces esa noche.

—¿Quieres volver abajo? —preguntó acariciándome la mejilla.

—¿Y tú?

Se encogió de hombros.

—Me gusta estar aquí. Así. Si me levanto ahora, lo más seguro es que rompa esta especie de dimensión desconocida en la que estamos y que hace que estés dispuesta a estar conmigo.

Sonreí.

—Entonces no nos levantemos. Quedémonos aquí.

Pasaron unos segundos de silencio mientras volví a cerrar los ojos.

Entonces, volvió a hablar.

—¿Te...? ¿Te ha gustado? —preguntó en un susurro.

Volví a abrir los ojos, sorprendida por su tono cuidadoso y preocupado, que seguramente se reflejaba en mi rostro.

—Si los orgasmos a gritos no te han convencido...

Se rio entre dientes mientras se inclinaba hacia mí.

Me besó con ternura, la joya de la corona de su sadismo. ¿Cómo podía un hombre ser tan minuciosamente cruel y tan brutalmente dulce?

—¿Entonces podemos repetirlo?

—Por supuesto.

EPÍLOGO

La casa estaba muy tranquila por el día. Los invitados a la fiesta se habían quedado dormidos en los sofás, en las habitaciones de invitados y acurrucados en el suelo con mantas y cojines.

Daniel, con resaca y quejándose, deambulaba por la casa con una bata azul, tirando botellines de cerveza y latas vacías a una enorme bolsa de basura negra cuando Manson y yo bajamos las escaleras.

—Joder. —Se detuvo al vernos y parpadeó con rapidez—. ¿Esto es lo que creo que es?

Señaló nuestras manos entrelazadas. Yo solo sonreí, todavía demasiado adormilada como para preocuparme por los cotilleos y los escándalos.

—Calma, colega —dijo Manson—. No vayamos a empezar rumores inoportunos.

Pero le guiñó un ojo cuando nos dimos la vuelta.

—Y una mierda... —oí murmurar a Daniel.

La pobre Ashley había pasado la mañana en el baño, sintiendo los efectos de todo lo que se había bebido. Se arrastró hasta el coche delante de mí, murmurando que necesitaba algo grasiento para desayunar y mirando de reojo a Manson.

—¿Seguro que no quieres venir con nosotras? —le pregunté a Manson cuando me acompañó al coche.

El aire de la mañana era fresco y hacía un poco de viento, así que me había prestado su enorme sudadera con capucha. Me cubría las manos y me llegaba hasta los muslos.

—Tengo que ayudar a Daniel a limpiar.

Se volvió hacia mí cuando llegamos al coche y me abrazó.

Respiré hondo y cerré los ojos un segundo. Seguía oliendo tan bien…

—Además, no creo que Ashley me acepte lo suficiente como para eso.

—Ya se le pasará.

—Con el tiempo —sonrió, dándome un beso en la frente al separarse de mí—. Pero ir a desayunar en otro momento me parece una buena idea.

—Bien. ¿El próximo fin de semana entonces?

No quería separarme de sus brazos. Su cercanía me trajo recuerdos fugaces de la noche anterior: la intensidad, la pasión, la brutalidad.

Se me puso la piel de gallina.

—Acepto. —Me dio una palmada en el culo cuando me alejé—. Pórtate bien.

—Oh, no sé. —Me detuve con la puerta entreabierta. Ashley me gruñía desde el asiento del copiloto, jurando que nunca volvería a beber—. Cuesta portarse bien.

—Supongo que tendré que seguir dándote lecciones —dijo con un suspiro exagerado—. Qué suplicio.

Esbocé una sonrisa dulce y me despedí con la mano.

—Adiós, perdedor.

Sonrió, burlón.

—Jess… —me advirtió.

Tenía que saber en lo que se estaba metiendo. Podía conmigo, pero eso no significaba que se lo fuera a poner fácil.

116

—Lo siento, lo siento. Puedes castigarme la próxima vez… —bajé la voz, lo justo para que solo él me oyera—, amo.